KB017625

에이, 뭘 사랑까지 하고 그래

# 에이, 뭘
# 사랑까지 하고 그래

2018년 09월 14일 초판 01쇄 인쇄
2018년 09월 22일 초판 01쇄 발행

| 글 | 김서령 |
| --- | --- |
| 일러스트 | 드로잉메리 |

| 발행인 | 이규상 |
| --- | --- |
| 단행본사업부장 | 임현숙 |
| 책임편집 | 김연주 |
| 편집 1팀 | 이소영 김보람 |
| 디자인팀 | 고광표 장미혜 손성규 박지영 |
| 마케팅 1팀 | 이인국 전연교 허소윤 윤송 |
| 영업지원 | 이순복 |

| 펴낸곳 | (주)백도씨 |
| --- | --- |
| 출판등록 | 제300-2012-170호(2007년 6월 22일) |
| 주소 | 03044 서울시 종로구 효자로7길 25 3층(통의동 7-33) |
| 전화 | 02 3443 0311(편집) 02 3012 0117(마케팅) |
| 팩스 | 02 3012 3010 |
| 이메일 | book@100doci.com(편집 · 원고 투고) valva@100doci.com(유통 · 사업 제휴) |
| 블로그 | http://blog.naver.com/h_bird     인스타그램   100doci |

ISBN   978-89-6833-190-9   03810
© 김서령, 2018, Printed in Korea

이 도서의 국립중앙도서관 출판예정도서목록(CIP)은 서지정보유통지원시스템 홈페이지(http://seoji.nl.go.kr)와
국가자료공동목록시스템(http://www.nl.go.kr/kolisnet)에서 이용하실 수 있습니다.
(CIP제어번호: CIP2018029222)

# 에이, 뭘
# 사랑까지 하고 그래

김서령 산문집

인생,

힘 빼고

가볍게

허밍버드
Hummingbird

첫 산문집 《우리에겐 일요일이 필요해》를 출간한 지 5년 만이다. 이 가을, 새 산문집을 엮으면서 나는 혼자 풀풀 웃었다. 그것도 아주 많이. 두 가지 이유 때문이었는데 첫 번째는 내가 하도 많이 변해서였고, 두 번째는 내가 하나도 변하지 않아서였다.

첫 산문집에서 나는 역마살 단단히 낀, 주정뱅이 노처녀 소설가였다. 소심한 작가답게 서점 매대 멀찍이 서서 내 책을 집어 드는 사람들을 훔쳐보았고 블로그 리뷰들을 몰래 읽었다. 주정뱅이 노처녀 소설가는 5년이 지나 아기 엄마가 되고 말았다. 아기 때문에 종종대는 여동생에게 세상에 태어나 잘한 일이 아기 낳은 거밖에 없냐며 무례한 타박을 일삼았던 나는, 세상에 태어나 제일 잘한 일이 아기 엄마가 된 일인 양 온갖 호들갑을 떨며 아기를 줄줄 빨고 있다. 역마살은 남의 일이 되어버렸다. 여권이 이미 만료되었다는 사실조차 나는 얼마 전에야 알았다.

그럼에도 나는 하나도 변하지 않았다. 첫 산문집부터 등장했던 나의 오랜 친구들, H 언니와 J는 이번에도 여전히 등장한다. 아기가 다닐 어린이집과 병설 유치원, 초등학교까지 따져 가며 새로 이사할 집을 골랐을 때 그들도 함께 이사를 결정했다. 그래서 우리는 한 동네에 산다. 우습게도 아파트 옆 동들이다. 우리가 좋아하는 투다리는 없는 동네지만 그래도 작은 짝태집이 문을 열었다. 노가리 몇 마리 구워 맥주 한잔 하기 딱 좋은 곳이다. 20여 년째 애인이 없는 H 언니와 종종 애인을 바꾸는 J는 나의 가장 단단한 조연들이다. 엄마는 내 생애에 와 준 가장 맑은 샘물이고,

게으르지만 나는 여전한 소설가다. 그러니 변한 것이 없다.

사람들이 저마다 꽃이라는 것을 잘 몰라서, 내가 나를 이해하지 못하기도 했고 내가 나를 용서하지 못한 날도 많았다. 내가 나를 미워하기도 했고 아주 허황한 이별을 여러 번 겪기도 했다. 저마다 꽃이라는 것을 잠깐 잊은 대가였다. 그래도 나는 나를 여태 예뻐한다. 예뻐서 이렇게 책한 권을 또 낼 수 있었다. 서툴고 모자라지만 그러라지 뭐.

허밍버드에서 내는 세 번째 책이다. 세 권 모두 김연주 편집자가 맡아주셨다. 게으름쟁이 작가라 손을 휘휘 내저을 만도 한데 끝끝내 참아 주신 점, 많이 고맙다. 신용목 시인은 내가 첫 소설집을 낼 때부터 내내 지켜보아 주었다. 추천사를 부탁하느라 그에게 원고를 보낼 때 마음이 콩닥콩닥했다는 건 비밀에 부쳐야 하는데.

이 책의 출간일은 내 아기의 세 번째 생일날이다. 드로잉메리의 산뜻한 표지 일러스트가 담긴 이 책을 아기의 생일 오후, 서점에 들러 안겨주어야지. 무엇보다도 이 책에 가만히 손을 얹어 줄 이름 모를 당신들이가장 고맙다.

—김서령

# 차례

모든 것에 서툴렀지만 아마도 사랑에 제일 서툴렀을 것이다.
언제나 다른 얼굴을 하고 찾아오는 사랑들.
익숙해질 줄도 몰랐던 연애의 시절. 사랑이라니.
그토록 매번 첫, 이라니.

#PART 1

그러게,
사랑이라니

# 생일 아침

서른 살의 생일 아침, 나는 브리즈번이라는 고요한 도시에 살고 있었다. 나보다 영어를 더 못하는 일본인 플랫메이트 (flatmate)와는 말을 섞을 일이 거의 없었다. 그날도 그녀는 아침 일찍 출근을 했는지 보이지 않았다. 그녀가 식탁 위에 올려 둔 2달러짜리 동전을 무심히 집어 들었다. 변비로 고생을 하던 그녀는 그 어떤 약보다 효과가 좋다며 내가 사다 놓은 김치를 늦은 밤 조금씩 덜어 먹었다. 그런 날이면 식탁 위에 동전을 올려 두었다. 김칫값이었다. 그럴 필요 없다고, 원한다면 아무 때나 먹으라 했지만 도리도리, 그녀는 고개를 저었다. 매사 깔끔한 일본인이어서 그런 거려니 했다. 어떤 일주일은 동전이 없었고 어떤 일주일은 서너 번씩 동전을 집어 들었다.

언니가 전화를 걸어왔다. 나는 발코니에 내어놓은 올리브색 의자에 앉아 전화를 받았다. 브리즈번 강이 한눈에 내다보이는 전망이 아주 예쁜 아파트였다. 나는 언니에게 말했다.

"나한테 행복하냐고 물어봐."

"행복하니?"

언니가 물었고, 나는 망설이지도 않고 대답했다.

"응."

망설일 이유가 없었다. 나는 생애 처음으로 오로지 나를 위한 시간을 보내고 있었다. 인생에 약간의 공백이 있어도 나쁠 것 없다고 스스로를 이해시켰고 그래서 남들보다 더디 가는 것을 수긍했다. 저금을 당분간 미루었더니 혼자 쓰기에 적절한 돈이 생겼고 또 적절한 외로움이 소설을 쓸 시간을 만들어 주었다. 인생이 어디로 흘러갈지 몰라 불안하고 어설펐지만 또한 평화로웠다. 그러니 행복하지 않을 리가.

"이제 내가 서른 살이야. 서른 살이 될 때까지 제일 잘한 일이 뭐냐고 또 물어봐."

"제일 잘한 일이 뭐야?"

내가 대답했다.

"그 애랑 헤어진 거야."

말을 하고 나니 조금 부끄러웠다. 서른 살이 되도록 잘한 일이 고작 그거라니. 오래된 일이지만 지금 누가 나에게 물어도 아마 내 대답은 같은 것일 테다. 나는 내 인생이 그때부터 새로 시작된 것이라고 지금도 의심하지 않는다. 그래서 그 애에게 고맙고 미안하다. 잘 헤어져 주어서 고맙고 또 미안하다.

생일을 그 후로도 숱하게 보내는 동안, 나는 줄곧 서른 살의 생일 아침을 떠올리곤 한다. 아무것도 아닌 서른 살이 될까 봐 조마조마했던 시간이었지만 이제는 정말 행복할 수 있을 것이라

믿었던, 천진했던 날들. 사랑 따위 다시는 하지 않아도 될 것 같
았다. 나 이외의 것들이 나를 어지럽게 만드는 날은 다시 오지 않
을 것 같았다.

　시간이 이제 많이 지났고, 나는 내가 가질 수 없는 것들을 쉽
게 포기할 줄 아는 나이가 되었다. 기쁘고 슬프고 두려운 것도 제
법 감출 줄 아는 나이. 누군가 예전의 생일 아침처럼 행복하니,
라고 묻는다면 나는 그때처럼 비장하지는 않게, 그저 픕 웃으면
서 응, 가볍게 대답할 수 있을 것 같은데.

# 싱글벙글세

내 친구들은 싱글도 많은 데다 싱글들에 대해 대부분 호의적인 감정을 가지고 있거나 그도 아니라면 실은 호의적이 아니더라도 호의적인 척할 수 있는 매너를 가지고 있는 이들이 대부분이다. 그래서 기혼 친구들과 미혼 친구들과의 괴상한 신경전 따위 별로 없다.

그런데 이런 분위기 속에서 나는 기혼 친구들에게 '공공의 적'이 된 적이 두 번 있었다.

첫 번째는 물론 내가 잘못했다. 잘못해도 한참 잘못했다. 충분히 반성했다. 서른대여섯 살 때의 일인데, 친구의 전화를 한 통받았다.

"서령아, 서령아. 소개팅하자!"

S 기업 연구원으로 일하고 있는 착실한 남편과 두 아이를 둔 예쁜 친구였다. 변명을 하자면 나는 소개팅 따위 관심도 없을 무렵이었고, 귀찮았고, 바빴고, 뭐 그랬다. 그냥 전화를 빨리 끊고 싶었다.

"소개팅?"

그러자 친구가 신이 나서 말했다.

"우리 남편 회사 선배야. 사람 좋대."

아냐, 싫어. 괜찮아. 마음은 고마워. 몇 번 말했지만 친구는 혼자신이 나서 계속 떠들었다. 급기야 몹시 성가시게 느껴진 내가 말했다. 물론 악의는 없었다. 깐에는 좋게 거절한답시고 한 소리가 이 모양이었다.

"네 남편 선배면 몇 살? 마흔하나? 뭐야, 그건 좀 그렇잖아. 생각해 봐. 1년 연애하고 결혼하고 또 1, 2년 살면 잘릴 거 아냐. 그때부턴 내가 먹여 살려? 아, 그건 너무 귀찮잖아!"

며칠 후 다른 친구가 전화를 걸어 왔다.

"너 도대체 무슨 짓을 한 거냐."

듣자 하니 나의 그 싸가지 없는 소리는 온 친구들에게 퍼졌고,

1. 지가 뭐라고 S 기업 연구원이 싫대? 미친 거 아냐?
2. 그럼 샐러리맨들하고 사는 우리는 바보야?
3. 저런 건 아주 늙어 죽을 때까지 혼자 살아 봐야 정신을 차리지.
4. 어따 대고 잘리니 마니야? 지금 우리 남편들 욕하는 거야?

아, 정말 나는 그때 혼쭐이 났다. 지금 생각해도 아찔하다. 반성 많이 했다.

두 번째는 기혼 반 미혼 반 대충 그렇게 모여 앉은 자리였다. 앞에서도 말했듯 우리는 참으로 서로의 입장에 대해 호의적인

편이라, 남편과 아이에게 시달리는 기혼 친구가 안쓰러워 보여
도 "기집애, 남편이 벌어다 주는 돈으로 사니까 좋아? 네가 제일
부러워" 이런다거나, 매일 라면이나 끓여 먹으며 방바닥을 데굴
데굴, 혼자 TV를 보는 미혼 친구가 불쌍해 보여도 "야, 넌 무슨
일이 있어도 결혼하지 마. 난 아주 이 웬수들 때문에 매일매일 머
리털이 곤두서" 이런 식으로 화기애애 대화를 끌어가고 있었다.

그러다가 사달이 난 건데, 한 친구의 말 때문이었다.

"그래도 말야. 난 니들이 애는 하나씩 낳았음 좋겠어. 생각해
봐. 내 새끼 커 갖고 니들처럼 혼자 사는 노인네들 부양하느라 세
금 폭탄을 얼마나 맞겠어. 그 생각하면 좀 짜증 난다니까. 억울하
고. 왜 내 새끼가 번 돈으로 생판 모르는 독거노인까지 먹여 살려
야 해?"

아아, 나는 사람들 많은 자리에서 발칵 화를 낸다거나 언성을
높인다거나 하는 사람이 아니다. 누가 그러면 수습하지 못해 뻘
쭘해지고 어쩔 줄 모르는 소심한 사람이다. 그런데 그날은 정말
화가 났다. 불쾌해서 견딜 수가 없었다. 내 기억으로 나는 그날
패악을 부렸다.

아기를 낳아 보니 사랑이 뭔지 깨달았다고? 웃기시네. 니들이
사랑하고 감탄하는 건 네 아기지 세상 모든 아기들이야? 깨달았

다는 애들이 그딴 소릴 해? 싱글들이 거지야? 빈대야? 니들이 키우는 애들, 좋건 싫건 우리가 다 참아 주면서 지켜봐 주잖아. 우리가 내는 세금으로 니네 애들 안 키워? 우리가 그거 억울하다고 무상 급식 하지 말자 그래? 우리가 보육료 지원 반대해? 애들 곱게 키우고 싶으면 그런 게 당연하고 자연스러운 거라고 가르쳐야지. 그러면서 무슨 애들을 사랑해? 아주 잘도 크겠다. 니 손에 든 거 하나도 빼앗기지 마라, 남의 밥그릇 넘치지 않는지 잘 지켜봐라, 그렇게 아주 예쁘게도 키우겠다.

사람이란 게 화가 나면 또 쓸데없는 소리까지 덧붙이는 고약한 습관이 있어서, 말리는 친구들에게까지 "시끄러. 니들도 다 똑같애. 정신 차려. 남편 있고 아내 있고 아이가 있는 가정이 정상이고 나머지는 다 비정상이라고 생각하는 그 생각부터가 문제야. 기혼도 있고 미혼도 있고, 자발적인 미혼도 있고 비자발적인 미혼도 있고, 세상에는 수천 가지 사는 스타일이 있다는 걸 인정하지 못한다는 게 촌스러운 거야. 그렇게 생각하는 부모 밑에서 크는 애들도 촌스러워지는 거고. 니 애들이 촌스러운지 안 촌스러운지 한번 생각을 해 봐", 그렇게 바락바락 성질을 부렸다.

(여기까지 쓰고 나니 내 기혼 친구들과 미혼 친구들은 서로에게 절

대 호의적이지 않고 매너도 없으며 나도 매우 호전적인 여자로 느껴지
긴 하지만) 어쨌거나 시간이 흐른 지금 우리는 다 괜찮게 잘들 지
낸다. 여전히 마음에도 없는 칭찬을 해 주고 서로를 북돋워 주면
서 말이다.

한때 '싱글세' 부과를 검토해야 할 시점이 되었다는 정부 발표
가 있었다. 정부에서 말하는 싱글이란 '소득이 있는 49세 이하의
미혼 남녀'였다. 싱글 친구들은 한참 비아냥거렸다.

"쉰 살이 되면 싱글도 아니라는 거야?"

"그때부턴 싱글이라기보단 독거노인이 되는 거겠지."

"그럼 마흔아홉까지 싱글세 내면 쉰 살부턴 독거노인 연금 주
는 거야?"

기사에 달린 누군가의 댓글에 또 우리는 자지러지고 말았다.

"싱글세가 있다면 그럼 벙글세는요?"

# 제발 연애에 좀 집중해 줄래?

"에이. 뭘 사랑까지 해."

나는 손등으로 애인의 허리께를 툭 치며 말한다. 내가 너를 왜 사랑하는지, 앞으로 또 어떤 방식으로 너를 사랑하고 싶은지 구구절절 고백을 했는데, 여자 친구라는 이가 이딴 소리를 던지니 그 누구라도 붉으락푸르락해질 만하다. 나는 달아나야 마땅하지만 그래도 기어이 한마디를 덧붙인다.

"그냥…… 사랑에 인생까지 걸고 그러지는 말자는 거지. 응? 내 맘 몰라?"

기억이 난다. 스물다섯 살이었다.

그러니까 나는 아직 인생을 쥐똥만큼도 모르는 철부지였고, 그녀는 나보다 꼭 열 살이 많았다. 1년에 한 번쯤 만나는 사이였으니까 커피 한잔 마신 이후에 맥주 두어 병 나누어 마시면 아쉬울 것도 없이 헤어지곤 했다. 그런데 그녀가 나를 잡았다.

"우리 소주 한잔할까?"

도대체 어떤 길로 접어들어 그렇게까지 허름한 술집을 찾아냈는지 모를 일이다. 널따랗기만 했지 사람들이 드나든 흔적이라곤 없는 실비집이었다. 우리는 신발을 벗고 방으로 올라섰다. 겨울이었지만 바닥이 찼다. 장담할 수 있다. 그날 우리가 먹은 매운

낙지는 냉동실 안에서 적어도 3년은 묵은 것이었을 테다. 그러지
않고서야 그렇게 질길 리가.

"사랑을 해."

"네?"

"내가, 사랑을 한다고, 요즘. 어떤 남자를."

소주병이 자꾸 비었고 그녀는 무턱대고 내게 고백을 했다. 결
혼한 지 5년, 아이가 네 살. 그런데 사랑을 하는 중이라고.

"몰랐지. 내가 또 사랑을 하게 될 줄 몰랐지. 내가 그런 욕망을
가진 사람인 줄 몰랐어."

나는 고작 스물다섯 살이어서 어떤 대답을 해 주어야 할지 알
수 없었다. 그래서 고작 한 짓이, 그녀의 남편에게 전화를 걸어
조금 늦을 거라 전한 뒤 그녀의 새로운 사랑을 불러 준 거였다.
실비집 문을 열고 들어선 그는 구두를 벗으면서부터 눈물을 떨
어뜨렸다. 구두는 잘 벗겨지지 않았고 재차 발을 흔들자 구두가
저만치 날아갔다. 게으른 얼굴의 주인 여자가 살짝 찌푸리며 구
두를 바로 놓아 주었다. 소주를 한 병 더 시켰고 두 사람은 내내
울기만 했다. 나는 긁적긁적, 끼어들지도 못하고 한숨만 쉬었다.
결국 그날 술은 나 혼자 다 마셨을 거다.

무슨 사랑이 이렇게 구질구질해, 울기만 하고. 어린 나는 그런
생각을 했을까. 하나도 낭만적이지 않은 두 사람을 보면서 나는

슬프기도 하고 고약하기도 하고 또 낯설기까지 한 욕망에 대해 조금 오래 생각했다.

나는 자라면서 백만 가지 이유로 사랑에 빠졌다.
그것들은 대개 로맨틱하거나 달콤하고 또 우스웠다.

원체 멍이 잘 드는 편인데, 내 옆을 바짝 지나가는 차를 피하느라 어느 남자는 내 어깨를 꽉 쥐고 한쪽으로 밀었다. 다음 날 내 어깨에는 딱 열 개의 멍이 생겼다. 그 남자의 손가락 자국이었다. 뒤쪽 양 어깨에 한 점씩, 그리고 앞쪽으로 양 네 개씩. 학교 선배였다.

"이거 봐요, 이 멍."

옷자락 사이로 멍을 보여 주었다. 미안해서 어쩔 줄 모르던 남자의 볼이 발갰다. 그 모습에 반해 연애를 시작했다.

어떤 연애는 술값을 계산하다가 시작됐다. 막 문을 닫으려던 술집에 무작정 들어가 "이모, 딱 한 병만 먹고 갈게요" 졸랐다. 단골집이다 보니 거절도 못 하고 이모가 소주 한 병과 안주를 내어 왔다. 그렇다고 딱 한 병만 먹고 일어날 리가 없었다. 세 병쯤 마셨을까. 밤이 깊었고 우리는 주섬주섬 일어났다. 내가 카드를 그었다. 나중에야 일행 중 한 명이 내가 낸 금액 그대로 돈을 더 내고 왔다는 걸 알았다.

"왜? 왜 돈을 또 낸 거야?"

그가 멀뚱하게 대답했다.

"미안해서. 한 병만 먹기로 하고선 세 병 먹었잖아. 우리 때문에 이모는 집에도 못 가고."

연애를 안 할 수가 없었다.

그런데 말이다. 나는 어느 날 문득 알아 버렸다. 나는 주머니가 여러 개 달린 코트를 입고 있고, 그 주머니마다 별다를 것도 없는 소소한 욕망들을 집어넣은 사람이라는 것을 말이다. 내 주머니 안에 든 것은 때로 명확하기도 하지만 대부분은 아직 나에게 닿지도 않은, 그러니까 무엇인지 모르는 욕망들이다. 스물다섯 살 밤에 만났던 그녀처럼 아직 오지 않은 사랑일 수도 있고 겪어 보지 않은 새 인생일 수도 있고 여태 꿈꾸어 본 적 없는 전혀 다른 일일 수도 있는 거다. 그것들을 위해 남겨 두고 싶은 한 뭉치의 시간을, 애인들은 여간해선 이해하려 들지 않았다.

"이번 겨울엔 태국 빠이엘 가려고. 거기 게스트하우스는 하루에 만 원도 안 해."

내 딴짓이 시작되면 애인들은 고개부터 설레설레 저었다.

"또 시작이군. 도대체 어쩔 셈이야?"

"응? 무얼?"

"너한테 나는 도대체 뭐니? 내가 너한텐 그렇게 시시해?"

이들에게 어떤 식으로 내 주머니에 대해 설명할 수 있을까. 나는 어느 날 갑자기 만화가로서의 천재적 기질을 발견해 하루 스무 시간씩 그림만 그리면서 살게 될지도 모르고(그럴 재능이라면 애당초 발견되었을 거라는 말은 필요 없다), 어쩌면 열심히 짐을 나르다 주머니에서 돼지감자 한 알을 꺼내어 사각 베어 먹는 섬나라의 부두 노동자가 될지도 모르고(왜 하필 돼지감자인지는 중요하지 않다, 나는 돼지감자를 먹어 본 적도 없고 또 그게 날로 베어 먹을 수 있는 건지도 잘 모르겠다, 어쨌거나), 그리고 주걸륜과 폭풍 같은 연애에 빠질 수도 있는 거다(여기서 개인의 취향을 논할 필요는 없다고 생각한다). 이런 일들로 내가 조금 시간이 필요하다는 것을 하나하나 설명한다는 건 참 어려운 일이었다.

나라고 다 두고 가는 일이 즐거울 리만은 없어서 가끔은 동행을 요구하기도 했다.

"일본에서 6개월쯤 있다 올 거야. 같이 가자."

"내가 거길 가서 무얼 해."

"생선 가게에서 일을 하는 거야. 커다란 비닐 앞치마 두르고 장화 신고."

"내가 왜?"

"멋있더라고. 집에 돌아오면 막 짠내 나고."

"너나 해."

이렇게 거절할 걸, 같이 가자는 소리 없으면 토라지는 이상한 애인들.

해서 나는 늘 혼자 수트케이스를 꾸리고 여기저기를 떠돌았다. 하루 종일 한 마디도 말을 안 한 날이 있는가 하면 북유럽의 어느 저녁, 길거리에 쭈그려 앉아서는, 여기까지 왔는데 이젠 더 어디로 가지, 낙담하기도 했다. 어느 날은 생각이 많았고 어느 날은 아무 생각이 나지 않았다. 내 주머니에 든 것들의 정체가 무엇인지, 과연 그 주머니 안에 뭐가 들기나 한 것인지 의심이 가기도 했다.

그래도 다시 날이 밝으면 나는 빼꼼빼꼼 세상을 들여다보며 지냈다. 아직 나에게 닿지 않은 욕망의 정체가 무엇인지 제대로 알아차릴 때까지 시간을 좀 탕진해도 되지 않겠는가. 아직 한참 남은 인생, 무어 그리 바쁘다고. 아주 가끔일 수밖에 없는 인생의 딴청. 인생의 딴짓. 이 정도면 뭐. 그렇게 생각하며 혼자 웃었다.

연애가 깊어질 만하면 수트케이스를 꾸리는 나 때문에 애인들은 골이 날 대로 났다.

"제발 연애에 집중 좀 해 줄래?"

그들은 화를 내다가는, 미뤄 두었던 고백들을 줄줄이 읊었다. 그러면 내가 가지 않을 줄 알고. 그래서 나는 또 말하지. 눈을 게 슴게슴 뜨고 입가엔 웃음을 단 채, 아무렇지도 않다는 듯, 당신과의 이별은 하나도 겁나지 않은 것처럼, 때로는 내 속의 두려움들을 온전히 숨긴 채. 그렇게.

"에이. 뭘 사랑까지 하고 그래. 대충 해."

허리께를 툭 치면, 익숙한 감촉.

# 이별의 뒤끝

　도대체가 이 고집불통 성격은 어릴 때나 지금이나 변하질 않아서, 나는 세상에서 제일 싫은 것 중 하나가 '미련 많은 여자'라고 아주 오랫동안 생각해 왔다. 그렇다고 살갑지 않은 것도 아니라, 사랑을 할 때엔 뭐든 다 안겨 줄 듯 사브작사브작거렸다. 사랑이 끝나고 나면 마치 요이 땅, 총소리를 들은 사람처럼 격렬하게 냉랭해지긴 했지만서도 말이다.

　사랑은 잦았고 당연히 이별도 잦았다. 고백하자면 사랑보다 이별에 더 골몰했다. 내 미련은 누구에게도 들키고 싶지 않았다. 그래서 나는 늘 혼자 이별을 했다. 이별의 뒤끝을 혼자 해치워야 했다는 말이다.

　고작 스물몇 살의 나를 숙다방, 명다방 그리고 백조다방 같은 곳에 앉혀 놓고 물커피만 마시게 했던, 지지리도 가난했던 두 번째 애인을 위해, 나는 반지를 팔아 고시원비를 대신 내주었다. 얼마 지나지 않아 우리는 헤어졌고 나는 슬플 줄 알았지만 하나도 그렇지 않다는 걸 알고 조금 놀랐다. 내 홀가분함이 미안해서 친구들과 밀러 맥주를 파는 세련된 카페에 앉아서도 마음이 편치 않았다.

　그의 합격 소식을 들었을 때엔 반지가 그렇게나 아까웠다. 나는 혼자 뒤끝을 푸는 여자니까, 처음부터 반지 따위 좋아해 본 적이 없는 사람처럼, 그래서 그에게 준 반지가 하나도 아깝지 않은 것처럼, 여태도 반지를 끼지 않는다.

20대의 끝물쯤 헤어진 네 번째 애인은 매일매일 메일을 보내 왔다. 나는 헤어지자마자 외국으로 떠나 버렸고 그는 내 새 전화번호를 몰랐으므로 그 수밖에 없었을 것이다. 메일은 1년가량 계속되었지만 나는 한 번도 그것들을 열어 보지 않았다. 그가 수신 확인 버튼을 클릭하면 '읽지 않음'이라는 메시지가 뜰 것이었다. 나는 절대 너의 소식이 궁금하지 않아, 그렇게 말해 주기 위해 나는 메일 계정을 탈퇴하지도 않고 그저 제목만 읽으며 그렇게 그의 소식을 함부로 버렸다.

소설에서 이런 말을 쓴 적이 있다.

한 번만 더 말을 아끼면 내가 이기는 것이라고 나를 위로했다. 헤픈 말은 미련을 만들고 미련은 슬픔을 만들기 마련이고, 그렇게 슬퍼지는 사람이 지는 거니까.

내가 지금 이별을 하는 중이구나, 생각이 들면 나는 말이 줄었다. 나는 참 고백을 잘하는 여자인데도 입을 다물었다. 네가 떠나려고 해서 슬퍼, 그런 말 따위는 하기 싫었다. 내 뒤끝이라는 건 결국, 저 여자가 나를 정말 사랑하기는 한 건가, 그런 의심이 들게 하는 일인 건지도 몰랐다.

언제쯤 능숙하게 이별을 잘하는 여자가 될는지는 나도 잘 모르겠다. 구질구질한 미련을 들킨 적 없지만, 나는 가끔씩 지나간 내 애인들에게 가만히 못 다한 인사를 한다. 혼자서 우물우물.

# 아마도 아프리카

　한 편의 사랑이 끝나고 나면 우리는 습관처럼 반성을 시작한다. 더 너그럽지 못했음을 반성하고 더 치명적이지 못했음을 반성하고 더 아름답지 못했음도 반성한다. 그러다 또 어느 순간 아무것이나 무턱대고 반성하고 있는 스스로가 우스워 그 모습을 또 반성한다. 누군지도 모르면서 사랑에 빠졌던 일을 반성하고 사랑하지 않아도 되었을 사람을 사랑한 것을 반성하고 또 아무거나, 아무것이나 마구 반성하며 지나간 사랑을 모욕한다. 그래봤자 결국 후두둑 나뭇잎 떨어지는 소리일 뿐이라고 시인 이제니가 말했는데. 헤어질 때 더 다정한 쪽이 덜 사랑한 사람이라서 더 다정한 척을, 척을, 척을 세 번도 넘게 한 시인 이제니가 그렇게 말했는데. 우리는 그것도 모르고.

　사랑하고 이별하고 또 반성하는 방법을 시인이 다시 한 번 가르쳐 주었으면 좋겠다. 그건 정말 매일매일 배워도 잘 모르겠으니 말이다.

# 나 숙대 나온 여자야

친구 A는 몇 년 전 이혼을 했다. 대기업을 다니다가 주부가 되었던 그녀의 결혼은 10년 만에 끝이 났다. 아이 둘은 A가 맡았다. 10년 만에 그녀가 세상에 다시 나와 할 수 있는 일은 별로 없었다. 정규직은 어림도 없었고, 불판을 닦는 일도 김밥을 마는 일도 두 아이 때문에 여의치 않았다.

그래서 A는 낮 동안에만 가사도우미 일을 했다. 하루 두 집씩 뛰었다. 한 집당 네 시간씩인데 어느 집은 손빨랫감을 한 짐씩 내어놓았고 어느 집은 절대 대걸레를 쓰지 못하게 했다. 대야에 뜨거운 물을 담아 밀고 다니며 마루 한 쪽 한 쪽 손걸레질을 해야 했다.

A는 함께 앉은 친구들 앞에서 민망한 얼굴로 말을 꺼냈다.

"내가 니들 집 예쁘게 청소해 줄게. 대걸레로 밀어도 깔끔하게 잘할 수 있어."

친구들은 선뜻 수락하지 못했다. 어릴 적부터 같이 자란 A에게 일을 맡기는 것이 엄두가 안 난 데다 무엇보다 가사도우미가 필요한 정도가 아니었기 때문이었다. 고작 맥주 두 잔에 얼굴이 빨개진 A는 아이들 때문에 일찍 일어나며 웃었다.

"너희, 나 걱정하지 마. 나 숙대 나온 여자야."

취하지 않은 우리도 얼굴이 빨개져서 주섬주섬 일어났다. 그렇게 빨리 끝난 술자리는 처음이었을 거다.

# 최 씨들의 가족사진

친구는 결혼을 하자마자 시집살이를 시작했다. 결혼식을 몇 달 앞두고 갑자기 실직을 해 버린 남편 때문이었다. 하지만 남편은 재취업을 할 생각이 없어 보였고 살림을 아예 친구에게 맡겨 버린 시어머니는 생활비를 주지 않았다. 친구는 적금을 깨 쌀을 샀고 도시가스 요금을 냈다. 두 식구 집세를 아끼려다가 시부모님 생활비까지 떠맡게 된 꼴이었다. 화증이 점점 쌓였던 친구는 어느 날 시어머니에게 하소연을 했다.

"어머니, 집에 아무것도 없어요. 저녁을 차리려고 해도 마늘 한 쪽 없다고요."

다음 날 시어머니는 친구의 손에 무언가를 쥐여 주었다. 조그맣게 뭉쳐 놓은 은박지였다.

"네가 마늘 없대서."

그 안에는 얇게 썬 마늘이 들어 있었다. 아마 어느 횟집엔가 다녀온 모양이었다.

친구의 남편은 이후로도 영영 취업을 하지 않았고 시어머니도 생활비를 주지 않았다. 그리고 친구는 아이를 낳았다. 아이는 제법 자랐다.

"시댁 큰집에 가서 차례를 지내고 나면 마당에 최 씨들 다 모여서 가족사진을 찍어. 최 씨들만. 그 최 씨들 사이에 아들을 밀어 넣고 사진 찍는 걸 보는데, 아 넌 최 씨구나, 누가 뭐래도 너는 이 집안 사람이구나, 하는 생각이 드는 거야. 나는 그 최 씨들이 너무너무 미운데, 내 새끼가 저 집안 사람이라는 생각이 드니까, 나는 그냥 이렇게 평생 최 씨들 위해 살 수밖에 없겠구나, 싶은 거야. 이상하지?"

정말 이상했다. 그래서 코끝이 찡해졌다. 무어라 신경질을 내고 싶은데 그러지 못했다. 아주 많이 이상한 일이었다.

# 달콤쌉싸름한 연애편지

열다섯 살 때 나는 무척이나 바빴다. 거기엔 네 가지 정도의 이유가 있었다.

첫 번째 이유는 조금 어처구니없이 들리겠지만 나는 세상의 열다섯 살들이 알고 있는 모든 것을 나도 알아야 한다 생각을 해서, 수학경시대회건 과학경시대회건, 그리고 영어대회에다 하다 못해 백일장까지 모조리 싹쓸이를 해야만 했다.

게으르고 느려 터진 데다 만사 이래도 흥, 저래도 흥, 원고 마감도 제때 지키지 못하는 지금의 나를 아는 사람들은 도무지 믿기 어려워 코웃음을 칠지도 모르겠다. 하지만 1988년의 나는 그랬다. 그래서 바빴다.

두 번째 이유는 하이틴 로맨스였다. 삼중당 문고에서 나오던 연애소설 시리즈. 나는 그 낯간지러운 소설들을 닥치는 대로 읽었다.《위험한 바캉스》,《라이언의 봄방학》,《사랑의 섬》등등 제목만 보아도 내용이 대충 그려지는 그 소설들에 열광하면서도 가장 감명 깊게 읽은 소설이 무엇이냐 물으면 앙드레 지드의《좁은 문》, 헤르만 헤세의《지와 사랑》이라고 뻔뻔하게 거짓말을 하던 시절이었다.

그러고 보면 하이틴 로맨스 시리즈 중에는《판결은 침대에서》

라는 제목의 책도 있었다. 아아, 어떤 줄거리였을까. 어떤 이야기
이기에 제목이 그랬을까.

내가 바빴던 세 번째 이유는 바로 그 하이틴 로맨스를 본뜬 소
설을 써야 했기 때문이었다. 아이들은 수업 시간에도 딱지 모양
으로 접은 쪽지를 내게 던졌다. "소설 언제 다 써?", "이번엔 내가
제일 먼저 볼 거야. 딴 애 주지 마", 그런 내용이었다.

나는 노트에다 빽빽하게 눌러썼다. 금발의 외국 여인이 주인
공인 소설도 썼고 우리 같은 깜장 단발머리 여학생들이 나오는
학원물도 썼다. 그 어떤 하이틴 로맨스 소설보다 매력적인 남자
주인공을 만들기 위해 밤마다 연필 뒤꼭지를 입에 물고 골몰하
던 시절이었다. 친구들은 줄을 서 가며 내 소설을 돌려 보았다.
나는 베드신도 곧잘 섞어 넣는 열다섯 살이었다.

사실 네 번째 이유로 나는 제일 바빴다. 연애편지였다. 1987년
부터 1989년 사이에 내 고향 포항에서 이름 좀 날렸던 킹카와 양
아치라면, 한 번쯤은 내가 쓴 연애편지를 받아 본 적 있을 테다.

나는 포항시 D여중, 사랑에 빠진 친구들의 연애편지를 숱하게
대필했다. 친구들은 내 책상 앞에 의자를 끌어다 놓고 자신이 어
떻게 그 녀석과 사랑에 빠졌는지, 지금 얼마나 잠 못 이루고 애달

파하는지, 앞으로 그 사랑을 어떻게 지속할 계획인지 줄줄이 고백했고 나는 그걸 바탕으로 간질간질 달콤달콤한 편지를 써 주었다.

답장이 빨리 도착하면 나는 딸기 우유나 버스 회수권 같은 물질적인 보상과 더불어 일진 가득한 어두운 굴다리 밑을 지날 때에도 언제나 안전을 보장받을 수 있었다. 답장이 도달하지 않으면 물론 그 닦달을 다 감내해야 했지만 말이다.

하도 많이 썼으니 어떤 킹카들은 다른 이름으로부터 도착했으나 문장이 똑같은 편지를 받았을 수도 있겠다. 하지만 컴플레인에 시달려 본 적은 없으니 그 녀석들도 대충 읽은 것임에 틀림없다. 아니면 내 문장을 못 알아들었거나. 그래도 공들여 쓴 건데, 나쁜 녀석들.

어쨌거나 내 대필 연애편지의 답장률은 90%를 충분히 넘겼다. 나는 홍콩배우 유덕화에게 보내는 편지도 대필해 주었다. 한 달쯤 지난 후 답장이 도착했다. 학교로 도착한 답장을 받은 친구는 실신을 했다. 그 애는 정신을 차리고 수업을 듣다가 쉬는 시간이 되면 답장을 다시 꺼내 읽고 또 실신을 했다.

답장이라 해 봐야 매니저가 대신 몇 줄 써 주었을 것이 빤한데도 그것만으로도 청카바 그 애는 나에게 몇 번이나 충성을 맹세했고, 실제로 키 작은 공붓벌레 새침데기를 찝쩍대는 덩치 큰 일진 아이들을 매번 막아 주었다.

　그렇게 열다섯 살을 떠올리면 아직도 웃음이 난다. 하지만 그렇다고 해서 그 시절의 내가 쓴 소설이 궁금한 건 아니다. 어디로 사라져 버렸는지 모를 그 노트가 하나도 궁금하지 않다.

　만약 옛 친구 중 하나가 이제 와 "서령아, 그 소설 내가 가지고 있어" 한다면 나는 복면을 하고 그 집에 몰래 숨어들어 가 노트를 훔친 후에 끝끝내 폐기시켜 버릴 테다. 이제 중년이 된 킹카나 양아치 녀석이 내가 썼던 연애편지를 아직 가지고 있다 해도 나는 기어코 그 편지를 찾아 불살라 버릴 거다.

　부끄럽고 간지러운 소녀 시절. 1988년은 옛날 그 자리에서 잠자코 사라져야 한다.

# 또 비가 와, 너는 안 오고

도쿄에서 몇 달 머물렀다. 신주쿠 역과 신오오쿠보 역의 딱 중간쯤 되는 곳, 하야시맨션 501호. 우리말로 하자면 '숲아파트'였다. 나는 다다미방 하나를 세내어 살았다. 다다미가 깔린 방에서는 비만 오면 젖은 풀 냄새가 피어올랐다. 잠이 오지 않는 밤이면 신오오쿠보 역까지 살방살방 걸어가 정종집 문을 열고 들어섰다. 250엔짜리 가지절임을 먹거나 또 비슷한 가격의 말고기 사시미를 먹었다. 내 외출은 그게 전부였다.

그러니 그날, 어쩌다 이른 저녁부터 그 삼겹살 식당에 들른 것인지 모르겠다. 손님은 하나도 없었다. 나는 아마 김치찌개 백반을 먹었을 텐데, 찌개에서는 쿨쿨한 냄새가 났고 콩나물은 무쳐놓은 지 사흘은 된 것 같은 데다 쌀밥은 찰기가 하나도 없었다. 혼자 골을 내며 밥을 먹는데 40대 중반쯤 되어 보이던 주인 여자가 식당 문짝 앞에 서서 작은 소리로 중얼거렸다.

"또 비가 와. 너는 안 오고."

그러고 보니 비가 내리는 중이었다.

밥알들이 목구멍에 콱 들러붙었다. 그렇게 쓸쓸한 목소리라니. 들어 주는 이 없는 그런 중얼거림이 그저 일상이라는 듯, 그

녀는 잔꽃무늬 치맛자락을 심상하게 팔락이며 비가 들이치는 문
짝을 야물게 닫았다.

　나는 도쿄를 떠났고 계절은 여러 번 바뀌었지만 나에게도 너
는 오지 않는다. 또 비가 오는데도 말이다.

# 작별법

일곱 살인가 여덟 살인가 동네 남자아이와 나란히 어깨동무를 하고 찍은 사진이 있다. 둘 다 앞니가 빠졌고 나는 빨간 단추가 달린 초록색 원피스를 입었지만 꼭 머슴애처럼 보여, 영 좋아하지 않는 사진이다. 일곱 살이나 여덟 살 여자아이란 극도로 새침한 시기이니 내가 그 남자아이와 노는 시간이 재미있었을 리 없다. 하지만 엄마들끼리 몹시 친했고 아빠들끼리는 더 친해서 우리는 하나도 서로를 좋아하지 않았지만 내내 같이 놀아야 했다. "요 녀석들 언제 커서 둘이 결혼을 시키나?" 하는 실없는 농담도 백 번은 들으며 자랐다.

어렸을 때야 대충 엉켜 놀았지만 자라면서 나는 점점 극심한 새침데기가 되었고 녀석은 지루한 공붓벌레가 되어서 어쩌다 마주쳐도 뚱하니 말도 건네지 않았다. 고등학교를 졸업한 후로는 얼굴을 본 적도 없었다. 엄마에게 전해 듣기로는 참한 아가씨와 결혼을 한 뒤 미국으로 떠나 박사 학위를 받았다고 했다.

음, 모범생다운 결말이군. 애써 부러운 티를 감추는 엄마 앞에서 나는 살짝 두려워졌다. 이러다 한국의 어느 대학인가에 녀석이 자리를 잡는 순간 엄마는 더 감추려고 할 것도 없이 나에게 온갖 잔소리와 원망과 욕설을 퍼부어 댈 게 빤했기 때문이었다.

세상 쓸데없이 소설은 무슨! 남의 집 애들은 유학도 가고 박사
도 받고 교수도 되는데! 내가 너한테 얼마나 공을 들였는데 나이
를 이만큼 처먹고도 소설이네 뭐네 하면서 뒹굴거리기나 하고!

나는 아직 듣지도 않은 엄마의 잔소리에 미리 진저리를 쳤다.
하지만 모범생에게도 세상은 그리 녹록지 않은 모양이었다.
한국으로 돌아오긴 했지만 녀석은 학교에 자리를 잡지 못해 애
를 먹었다. 녀석의 아내가 피아노 레슨으로 생계를 꾸렸고 녀석
의 엄마는 가끔 우리 집에 찾아와 사이다를 섞은 막걸리를 마셨
다. 아들의 청춘이 점점 시드는 것이 가엾다는 하소연이었다. 우
리 엄마는 막걸리를 좋아하지 않아서 그냥 감자전을 부쳐 주거
나 접시에 열무김치를 덜어 내어 줄 뿐이었다.

그런 날이 몇 해 흐르는가 싶더니 아들의 청춘이 시드는 것 따
위는 별일도 아니었다. 녀석의 아내가 암 선고를 받았던 것이다.
서른을 갓 넘긴 나이였고 세 살 딸이 하나 있었다. 엄마 친구는
우리 집에 와서 한참을 통곡했다. 나는 막걸리 잔에 사이다를 조
심조심 섞어 주었지만 엄마 친구는 손도 대지 않았다.
"불쌍해서 어쩌니, 불쌍해서 어떡해."
엄마 친구의 통곡을 지켜보며 나는 한 번도 본 적 없는 녀석의

아내가 가여워 가슴이 먹먹했다. 겨우 얼굴을 든 엄마 친구가 말했다.

"갈 거면, 너무 오래 끌지 말고 빨리 가 줬으면 좋겠어."

엄마는 나중에 내게 소리쳤다.

"야, 오죽하면 걔네 엄마가 그런 말을 했겠나. 니는 소설가라는 게 그 마음도 이해를 못 하나?"

하지만 나는 펄쩍펄쩍 뛰며 분노했다.

"다시는 그 아줌마 안 봐! 어떻게 사람이 그래?"

시간이 흘렀고 녀석의 아내는 완치했다. 세 살 딸은 자라서 학교도 들어갔다. 녀석도 대학에 가지는 못했지만 대기업에 자리를 잡았다고 들었다. 그 가족은 아무와도 작별하지 않았다. 다행한 일이다. 아직 작별법을 배우지도 못했는데 헤어질 수는 없는 일이니 말이다.

# 어른 놀이

20대 후반, 김광석의 〈서른 즈음에〉를 다소 이르게 부르다가 "아직 서른 되려면 멀었다, 이 자식아" 면박을 받은 게 엊그제 같은데 이젠 양희은의 〈내 나이 마흔 살에는〉을 들으면 눈물이 찔 끔 나고야 마는 나이가 되어 버렸다. 건망증처럼 시간은 깜빡깜 빡 나를 지나쳐 간다.

책 한 권 번역을 마치고 역자 후기까지 다 써서 보내고 나니 4개월이 또 훌쩍 지나가 있다. 믿을 수 없는 속도라고 나는 혼자 투덜거렸다. 며칠 전부터는 배에 깨알만 한 멍울이 잡히더니 금 세 완두콩만 해지고 또 강낭콩만 해졌다.

생각해 보니 요사이 나는 겁도 많아졌고 쉽게 풀이 죽고 짜증 도 늘었다. 별거 아닌 걸로 화도 잘 내고 또 별거 아닌 걸로 미안 하단 말도 자주 한다. 말하자면 시간의 무게에 좀 쫄아 있다는 거 다. 인생의 한 다리를 건너갈 때면 나뿐 아니라 다른 사람들도 다 를 게 없단 걸 알지만 숱한 다리들을 건너왔음에도 여전히 어울 리지 않는 옷을 입은 기분이 든다. 나는 아직 어른놀이가 재미있 지도, 익숙하지도 않은데 나이는 숨길 수가 없으니 어색할밖에.

버려야지, 버려야지 하고 그냥 처박아 두었던 보이차 단지를 꺼냈다. 선물받은 지 10년이 된 차다. 알고 보니 보이차는 오래되 어도 마실 수 있는 거란다. 단지 안에서 까만 찻잎을 한 줌 꺼내

전기 티포트에 넣었다. 썩지 않고 10년을 보낼 수 있는 힌트를 나에게 좀 주려나.

지레 주눅이 들어 다녀온 병원에서 의사는 강낭콩만 한 그걸 만져 보더니 "곪은 거예요", 무심히 말한다. 주사기로 고름을 빼내느라 붉은 구멍 자국 하나가 생겼다. 보이차 끓는 소리가 다정한 오후다.

# 그대, 첫사랑의 이름은

　　J는 사촌 오빠의 아들이라며 우리에게 사진을 종종 보여 주었다. 깜짝 놀랄 만큼 예쁜 아이였다.

　　"이름도 예뻐. 초록이야."

　　정말 이름도 예뻤다. 초록이라니.

　　"오빠가 옛날 같은 성당에 다닌 누나를 좋아했는데, 그 누나 이름이 초록이었대. 그래서 아들 이름을 초록이라고 지은 거야."

　　어릴 적 혼자 좋아했던 누나 이름을 몰래 따서 아기 이름을 짓는 남자라니. 우리는 그 남자의 순정함을 제멋대로 상상하며 환호했다. 못 말리는 로맨티시스트 같으니라고.


　　독일 유학생이던 J의 사촌 오빠는 오랜만에 한국에 다니러 왔다가 친구들을 만났다. 야, 그때 그 녀석은 어떻게 지낸대? 결혼은 했고? 그들은 오래 소식이 끊겼던 이들의 안부를 전하며 삼겹살을 굽거나 낙지볶음을 먹었겠지.

　　빈 소주병이 테이블에 쌓이기 시작할 무렵이면 슬그머니 그 옛날, 지나간 여자들의 안부가 궁금해지는 법이니 J의 사촌 오빠는 알알한 취기를 핑계 삼아 친구들에게 말을 꺼냈을 것이다. 술이 올라 볼은 살짝 붉어졌겠지.

　　"그 누나 소식은 알아? 초록이 누나."

　　친구들은 고개를 갸우뚱거렸다.

"누구?"

"초록이 누나. 옛날에 우리랑 같이 성당 다녔던."

 희한하게도 그의 친구들은 초록이 누나를 금방 떠올리지 못했다. J의 사촌 오빠는 답답했다. 그 예쁘고 똑똑했던 누나를 왜 기억 못 하지? 사촌 오빠는 한참을 설명했다. 그녀의 아담했던 키와 야무졌던 입매와 자주 입고 다니던 체크 치마까지. 그제야 친구들이 그녀를 기억해 냈다.

"철옥이 누나 말하는가 본데?"

 J가 거기까지 이야기했을 때 우린 그만 비명을 지르고 말았다.

"초록이 누나가 아니라 철옥이 누나였다고?"

 어떡해, 어떡하면 좋아. 우리는 술집 테이블을 땅땅 두들기며 웃어 댔다. 너무 많이 웃어서 눈물이 날 지경이었다. 초록이라는 이름보다 철옥이라는 이름이 더 예쁘지 않아서가 아니라, 그냥 초록이가 아니라 철옥이었다는 사실 때문이었다. 그럼 이 로맨티시스트의 지나간 순정은 어쩌란 말인가. 아내에게 고백하지도 못하고 그저 아기 이름을 초록이라고 지어야겠다고 우겨 댄, 한 남자의 귀여운 첫사랑을 도대체 어쩌란 말인가.

 하도 어처구니가 없어 그저 벙벙한 표정만 지었을 J의 사촌 오빠를 연민하며 우리는 소주를 퍼마셨다. 어떡해, 너무 안쓰러워.

　그러니 지나간 추억은 함부로 건드리는 것이 아닌데. 그날 그 자리에서 물어보지 않았더라면 첫사랑 초록이 누나의 이름을 딴 아들 초록이를 가진 아빠로, 그렇게 순정하게 영영 살 수도 있었을 텐데. 가여운 사촌 오빠.

# 이 지독한 사랑쟁이들

이명세 감독의 영화 〈지독한 사랑〉을 처음 본 게 언제였는지는 이제 잘 기억이 나지 않지만 나는 그 무렵 밤마다 비디오 데크에 철커덕 테이프를 밀어 넣고 영화를 보았다. 곁에 누가 있었던가. 잠을 깨우지 않으려고 볼륨을 잔뜩 낮추었어도 대사를 다 따라 할 수도 있을 만큼 영화를 자주 보았던 터라 아무 상관 없었다.

몇 년이 지나 나는 폐업 정리 중인 비디오 가게에서 〈지독한 사랑〉 테이프를 샀다. 그 후 비디오 플레이어가 고장 나고, 더는 비디오 플레이어 따위 팔지 않는 시절이 오고서야 나는 그 테이프를 버렸다. 아마 10년도 더 지난 일이겠지만 지금 다시 이 영화를 본다고 해도 절반쯤은 대사를 따라 할 수 있을 것이다. 그렇고말고.

내 주변에는 〈지독한 사랑〉의 주인공들처럼 참 지독한 사랑쟁이들이 많고도 많았다. 그들은 사랑에 잘도 빠졌고 한번 사랑을 시작하면 온 넋을 사랑에만 갖다 바쳤다.

L은 한 남자와 네 번이나 청첩장을 찍었다. 파혼을 한 번씩 할 때마다 그들은 서로를 죽일 듯이 비난하고 원망했지만 다시 사랑에 빠질 때엔 처음보다 더 깊고 깊었다. 20대 초반에 연애를 시작했던 그들은 마흔 살이 넘어서야 네 번째 청첩장을 제대로 돌

렸고 결혼을 했다.

S도 한 남자를 죽도록 사랑했다. 그녀가 한쪽 귀에만 구멍을 다섯 개나 뚫어 귀고리를 줄줄이 달고 나타났을 때 남자는 은색 귀고리 하나하나 입을 맞추며 그녀의 용기를 치하했다. 물론 남자의 몸무게가 90kg을 돌파했을 때 S도 그의 두툼한 배에 뺨을 대며(그것도 무려 사람들로 붐비는 낙지볶음집에서!) 폭신하기 짝이 없는 베개 같다며 좋아했으니 누가 더 깊은 사랑쟁이인가는 도저히 평가할 수 없는 노릇이다.

그들은 결혼 3주 만에 잠깐 위기를 겪기도 했다. S는 꽤나 심각한 목소리로 나에게 전화를 걸어왔다.

"이제 좀 즈이 집에 가 줬으면 좋겠어. 왜 자꾸만 우리 집에 오는 거지?"

결혼을 하면서 남자는 S가 살던 집으로 들어왔다. 오래 혼자 살아 온 S는 아무리 사랑한들 3주 이상 제 집으로 돌아가지 않고 뭉개는 그가 버거워진 모양이었다. 하지만 그들은 얼마 전 결혼 10주년 파티를 했다. 여전한 사랑쟁이들이다.

Y는 날씬하고 예뻤다. 하지만 술만 마시면 라면을 네 개씩 끓여 먹는 버릇이 있었다. Y를 사랑했던 남자는 Y가 민망해할까

봐 라면을 똑같이 먹는 습관을 들였다. 물론 네 개까지는 먹지 못했고 가장 많이 먹은 날이 세 개였다.

사랑쟁이들의 엔딩이 꼭 결혼이란 법은 없다. 결혼까지 가 닿지 않았다고 해서 그들의 사랑을 폄하할 순 없다. 그건 몹시 촌스럽잖아. Y와 남자는 헤어졌지만 간간이 마주칠 때면 서로의 어깨를 꼭 만져 주곤 한다.

H는 호주 멜버른을 여행하다 맨발로 도시를 걷던 남자를 만났다. H는 서울에서 일하던 디자이너였고 남자는 반경 3km 이내에 아무도 살지 않는, 그야말로 호주 '깡촌'의 농장에서 홀로 일하는 사람이었다. 개는 두 마리 있다고 들었다. 사실 나는 H가 서울로 돌아오면 금방 남자를 잊을 것이라 생각했다. 하지만 그건 두 사람이 얼마나 지독한 사랑쟁이인지 파악 못 한 나의 오해였다. H는 회사를 그만두었고 호주의 깡촌으로 떠나 버렸다.

세상에서 가장 좋은 것이 소고기와 맥주와 소주라고 입버릇처럼 말하던 H는 베지테리언 남자와 함께 여태 그곳에 살고 있다. 소고기 대신 당근튀김과 아보카도를 깨물어 먹으면서 말이다.

주말에 소파에 누워 내 친구들의 사랑보다 더 진한 연애소설이 없을까 생각했다. 지루한 시간을 깨기에 연애소설만 한 것이 없으니까. 문득 떠올라 메리메의 소설 《카르멘》을 뽑아 들었는데, 첫 장에 그리스 시인 팔라다스의 시구가 인용되어 있다.

모든 여자는 쓸개즙처럼 쓰다. 하지만 달콤한 순간이 둘 있으니 하나는 침대에 있을 때이고, 다른 하나는 죽었을 때이다.

그러면 그렇지. 사랑 따위.

# 커피집 선불 쿠폰은 위험해

　　오피스텔 1층의 커피집에서 라테 한 잔을 산 다음 후후 불어 마시며 걷다 보면 바로 회사였다. 도어 투 도어(door to door), 딱 5분이 걸리는 거리였다. 매일매일 그 집에서 라테를 샀지만 그건 아침에 일어나서 양치질을 하는 것처럼 습관이 된 일일 뿐, 꼭 커피를 마시고 싶어서 그런 것도 아니었다.

　　키가 크고 잘 웃던 남자 사장은 어느 날부터인가 쿠키 한 개씩을 서비스로 주었다.

　　"쿠키가 부서졌어요. 어차피 못 파는 건데, 드세요."

　　반으로 뚝 쪼개진 쿠키를 아침마다 받아 들고 출근을 하면 직원들이 그랬다.

　　"실장님한테 딴맘 있는 거 아녜요? 어떻게 매일 쿠키가 부서져요?"

　　가끔은 부서지지 않은 쿠키를 건네주는 날도 있었다.

　　"그 사장 잘생겼어요?"

　　"나이는요? 젊어요?"

　　생각해 보니 잘생긴 것도 같았다. 나이도 딱 내 또래인 듯했다. 아침마다 지갑을 여는 일이 불편해 10% 할인이 되는 열 잔짜리 선불 쿠폰을 샀다. 한 잔 마실 때마다 도장을 찍어 주는 거였는데, 어느 날 사장은 나에게 라테를 건네면서도 도장을 찍지 않았다. 말가니 쳐다보는 나에게 그가 말했다.

"그냥요. 자주 오시니까요."

직원들은 꺅꺅 소리를 질렀다.

"어머, 어떡해. 우리 실장님 진짜 시집가려나 봐!"

쓸데없는 소리 말라면서도 점심시간이면 직원들을 모두 데리고 가 호기롭게 커피를 사기도 했다. 그리고 20% 할인이 되는 서른 잔짜리 선불 쿠폰을 샀다.

사흘인가 지났을 때 커피집은 문을 닫았다. 폐업 공지도 없었고 당연히 쿠폰은 환불받지 못했다. 점심을 먹고 들어가는 길에 '임대 문의'라고 종이가 나붙은 커피집을 지날 때마다 직원들이 키득거려서 나는 잔뜩 약이 오른 얼굴로 신경질을 내곤 했다. 석 잔밖에 마시지 못했던 그 선불 쿠폰. 쿠키값과 도장을 안 찍었던 한 잔 값을 제한다 해도 최소 스물다섯 잔 값은 남았는데.

# 겨울엔 쉬어도 괜찮겠지

　아이고, 요 녀석아. 겨울에는 쉬어도 된단다. 우리네 사람들, 겨울에는 다 군불 땐 아랫목에 앉아서 고구마나 까먹으며 밤을 보내는 거다. 그건 나쁜 게 아닌 거다. 겨울인데, 왜 밭을 갈고 씨를 뿌리겠느냐. 어차피 아무것도 자라지 못한다. 내가 내 몸을 부려서 겨울 내내 일을 시킨들 땅에서는 아무것도 크지 않고 내 몸만 힘들 것을. 그 찬바람을 왜 옴팡 맞고 있느냐. 겨울에는 방에 앉아라. 이불 덮고 앉아서 고구마나 까먹는 게 맞는 거다. 아무도 너를 나무라지 않는다. 그래도 되는 거니까 말이다. 게으른 게 아니라 쉬는 거다. 우리는 살자고, 한번 재미나게 살아 보자고 세상에 온 게 아니더냐. 그런데 네가 고되면 어쩌겠니. 고되어서 사는 게 즐겁지 않으면 어쩌겠니. 제 몸을 편하게 누이고 스스로 쉬게 하는 것이 맞는 거다. 그래서 봄이 오면, 따뜻한 날이 오면 다시 일어나 밭을 갈면 되는 거다. 요 녀석아, 그렇게 사는 거다. 슬프게 먹으면 무얼 먹어도 체하고 슬프게 웃으면 그건 웃는 게 아니다. 아이고, 요 녀석아. 혹독한 겨울을 보내고 있구나. 괜찮다. 괜찮아질 거다. 봄이 다 온다. 누가 막아선다고 안 오는 게 아니다. 누군가는 봄 데리고 온다. 괜찮다…….

　어젯밤 어느 시인 선생님이 내게 해 준 말이다. 긴 겨울밤을 혼자 걷는 기분이었다. 아랫목에 앉아 이불을 덮고 고구마를 까

먹는 대신 나는 오늘 책상 앞에 앉았다. 북쪽으로 난 창문을 잠간 망망히 쳐다보니 흐린 겨울은 여태 갈 생각이 없는 것 같다.

　그래도 얼마 지나지 않아 제비가 날겠지. 부리 끝에 봄 조각 살짝 물고 창밖을 슝 날아가겠지. 그때 씨 뿌리러 나가려면 지금은 조금 쉬어도 되겠지. 그렇겠지.

# 편지를 쓰는 오후

날이 차지는 중이다. 추운 날은 정말 싫은데. 도톰한 양말을 꺼내 신고 굵은 실로 짠 망토를 옷장에서 꺼냈다. 그렇게 책상 앞에 앉았다. 커피는 빠르게도 식는다. 반도 안 마셨는데. 세련되고 고상한 미각을 가진 사람이 아니라 다행이다. 전자레인지에 40초만 데워 와야지. 그래도 괜찮은, 시답잖은 커피 취향을 가졌다.

날이 포근하면 근처 카페, 밖에 내놓은 테이블에 앉아 책이라도 읽고 싶은데. 아니, 책보다도 누군가에게 편지 한 통 길게 쓰고 싶은데. 편지를 써 본 것이 언제쯤이었나. 누군가 보고 싶어지면 스마트폰 들어 짧은 메시지 한 줄 띄우면 그만인 시절을 사느라 편지 따위 오래 잊고 살았다. 어쩌면 내가 보낸 마지막 편지는 그곳, 아주 더운 도시에서였다.

여행이랍시고 또 어디론가 날아가 있을 때였다. 그때 나는 하도 깊이 사랑에 빠져 머릿속이 매일 웅웅거렸다. 아무것도 하지 않고 침대를 데굴데굴 굴러도 하프 마라톤은 족히 뛴 여자처럼 내내 헉헉댔다. 서울에 더 있으면 정말이지 정신을 못 차릴 것 같아 주섬주섬 수트케이스를 꾸렸던 거다. 내 깜냥에, 연애란 그리 만만한 일이 아니었던 모양이다. 넉 달쯤 떠나 있어야지 마음을 먹고 필리핀의 마닐라와 세부에 각각 두 달씩 숙소를 잡았다.

여행 중에는 그립고 애달픈 일이 그래도 수월하게 잊히기 마런이다. 적절한 거리감이 나를 고요하게 만들어 주었던 것 같기도 하다. 노트북을 가방에 넣어 들고 타박타박 낯선 거리를 걸었다. 날은 지겹도록 매일 더웠고, 나는 다리가 아팠고, 그래서 노천카페에 앉았다. 소설은 쓰고 싶지 않았다.

가방 안에는 늘 노트 한 권이 들어 있지만 사실 나는 노트에 무언가를 잘 쓰는 사람이 아니다. 연필 몇 자루도 들었지만 글씨를 쓰는 일은 잦지 않다. 94년인가 95년에 아르바이트비를 받아 대우 르모 워드프로세서를 산 뒤로 그렇게 되어 버렸다. 그게 그렇게 좋아서 나는 자다가도 몇 번씩 기숙사 침대에서 일어나 워드프로세서를 두들겼다.

타이핑 속도가 남들보다 빨라 한때는 "손가락이 머릿속을 자꾸 앞질러 가. 원고지에 쓰는 버릇을 들여 볼까?" 그런 고민을 친구에게 털어놓은 적도 있지만 오래전 손을 다쳤고, 그 때문에 내 왼손은 넷째 손가락을 빼고는 감각이 멍해져 이제 키보드를 누르지 못한다. 힘이 안 들어가는 거다. 약지 하나로 키보드의 왼쪽을 다 뛰어다니려니 속도는 당연히 느려졌다. 마감을 하고 나면 그래서 넷째 손가락은 퍼렇게 멍이 들고 또 탱탱 부어올랐다. 이제는 적당한 속도다. 머릿속과 비슷하게 가는 거다.

더운 도시에서 산 노트는 질이 좋지 않았다. 거슬거슬했고 지우개질 두 번 하면 찢어져 버릴 듯했다. 나는 노트에 편지를 쓰기

시작했다. 두 쪽 가득 썼다. 고백해도, 고백해도 더 할 말이 남은
것 같았다. 노트를 찢어 봉투에 넣어 보내는 대신 나는 카메라를
꺼내 편지를 찍었다. 그리고 그의 이메일로 사진을 보냈다. 다정
한 여자가 된 것 같은 기분이었다.

　나는 그때 무척 수줍었기 때문에 그 편지를 스무 번도 더 읽은
다음 그에게 전했다. 그러니 몽땅 왼 거다. 편지를 읽은 그가 마
지막 부분을 참 좋아했는데, 그가 좋아해서 나도 얼굴이 발개지
도록 설렜는데, 지금 와 단 한 문장도 기억나지 않는다. 참 쓸모
도 없는 추억 같으니.

　마닐라에서였는지 세부에서였는지는 잘 기억나지 않는데, 짐
을 챙기던 나는 무심코 책상 위의 연필꽂이를 돌려세웠다. 거기
에 노란 포스트잇 한 장이 붙어 있었다.

　사랑해 줘서 고마워.

　곰곰. 이게 뭐였지. 곧 떠올랐다. 내 사진 편지를 받은 애인은
메모지를 들어 짧은 편지를 썼다. 그러고는 나처럼, 카메라로 그
걸 찍어 보냈다. 사랑한다 운운하는 그의 악필이 하도 귀여워 나
도 포스트잇을 들어 답장을 썼다. 사랑해 줘서 고마워. 그리고 사

진으로 보내 주었다. 그게 남은 거였다. 그 포스트잇은 아주 오랫동안 가지고 있었다. 나달나달해진 끝에 결국 버려지긴 했지만 말이다.

조금만 한눈을 팔면 고백들은 내가 없는 공중을 날고 이내 사라졌다. 또 애인들도 사라졌다. 노란 포스트잇은 어쩌다 남았지만, 우연이다. 버릴 짬을 내지 못했을 뿐인 거다. 뜨거운 입김 같기만 했던 필리핀의 도시들도 거의 잊었다. 그곳에서 쓴 소설만 남았지. 그곳의 날씨처럼 습하디습한 소설 한 편.

# 사랑을 고백하는 방법

　양을 한 마리 그렸다. 쫑긋하고 가는 귀를 그리고 통통하고 짧은 다리, 까만 눈을 그렸다. 온몸을 꼬불꼬불한 털로 덮는 일은 조금 어려웠다. 양의 꼬리가 어떻게 생겼는지 잘 떠오르지 않아 검색을 해 보았다. 그다음엔 고슴도치를 그렸다. 이번에는 뾰족뾰족한 가시를 그리는 일이 어려웠다. 커다랗고 뚱뚱한 양 옆에서 작은 고슴도치는 괜스레 짠했다.

　양털은 연한 민트색으로, 고슴도치는 노란색으로 칠했다. 스케치북 위에서 두 마리가 도란도란 떠드는 것만 같다. 이름도 지었다. 양은 보들이, 고슴도치는 따끔이. 보들보들한 보들이가 따끔따끔한 따끔이를 안아 주었으면 좋겠다는 생각도 했다.

　그림을 벽에 붙여 놓았으니 이제 아기를 앉히고 이야기만 만들어 주면 된다. 어부부부 하며 도화지에 손을 대고 내가 들려주는 이야기에 집중하지 않겠지만 말이다.

　만화가가 되고 싶다는 생각은 아홉 살에 이미 접었지만 나는 여태도 꿈이 많은 중년이다. 장래 희망은 쉼 없이 나를 찾아와 나는 하고 싶은 일이 널렸다.

　오래전부터 나는 사랑한다는 말을 하고 싶어서 소설을 썼다. 그리고 내 사랑을 들키고 싶어서 에세이를 쓰고, 그러고도 남은 사랑을 마저 다 꺼내 주고 싶어서 또 한눈을 판다.

노래를 만드는 사람이 참 부럽다. 목소리를 빌려 고백을 할 수 있다니. 시를 쓰는 사람도 그렇게나 부럽다. 내 속마음이 아닌 듯 능청스럽게 귀엣말을 할 수 있다니.

보들이 옆에 새끼 양 한 마리 더 그리고 싶은데 꼬불꼬불 털은 정말이지 어렵다. 고슴도치 가시도 어려운데. 털 없고 가시 없는 뱀을 그릴 걸 그랬나. 그랬다면 한 시간에 열 마리도 그릴 수 있는데. 그러면 열 번도 더 고백을 했을 텐데.

# 최후의 여자

오랜만에 만난 소설가 S가 말했다.
그는 27개월 딸을 가진 아빠다.


"서령아. 딸이란 게 남자한텐…… 참 특별하다."
"어떻게 특별한데?"
그가 잠깐 생각하다 대답했다.


"나한테 내 딸은…… 최후의 여자야."


그 말을 듣는데 희한하게도 눈 뒤가 뜨끈해졌다.

# 이별의 장면

짧은 원고 마감을 막 하고 난 때, 고개를 들어 시계를 보면 이미 새벽. 그렇다면 지나간 인연을 떠올리기 딱 좋은 때다. 그래서 그가 생각났다.

나는 헤어지고 싶어서 몸살이 났을 때였고, 모르긴 몰라도 당시의 애인 역시 나와 그다지 다르지 않았을 것이다. 우리는 헤어질 때가 된 걸 서로 알면서도 모른 척, 모른 척 시간을 보내고 있었다. 연인들이 못 헤어지는 이유는 뭘까, 가끔 생각을 해 본다. 연민이었을까. 어찌 보면 참 가당찮은 오만이지만 '내가 사라지면 저 자식, 어쩌지', 그런 생각은 이별을 할 때마다 든다.

어쨌거나 내가 그때 만나던 애인은 인물 하나만으로도 참 보기에 흐뭇한 녀석이었다. 오죽했으면 내가 그 애와 헤어졌단 이야기를 엄마에게 했을 때 "아……. 그런 인물은, 살면서 다시 만나기 참 힘든데…… 좀 아깝네" 할 정도였으니 말이다.

녀석은 나를 차에 태워서는 한참을 달려 산으로 들어갔다. 늦게 출발했으니 녀석이 원하는 장소에 도착했을 때엔 이미 새벽 두어 시가 넘은 때였다. 차는 깜깜한 산으로 자꾸자꾸 들어갔고 어느 순간 넓은 개울이 나왔다. 그리고 난간이 없는 다리가 있었다. 녀석은 다리 한가운데에 차를 세웠다. 헤드라이트를 켜 놓고 차 문을 활짝 열고, 음악을 크게 틀었다. 나는 조수석에 앉은 채 저 녀석이 도대체 무얼 하려고 저러나, 쳐다만 보았다.

음악 소리가 크게 울리는 다리 한가운데에서 녀석은 춤을 추었다. 그 음악이 뭐였지. 이제는 아무리 떠올리려고 해도 기억나지 않지만 약간은 부끄러운 얼굴로 한참을 춤을 추던 녀석의 모습은 아직 선명하다. 나는 벨트도 풀지 않고 조수석에 앉은 채 까르르 웃었다. 죽었다 깨어나도 나는 인적 없는 산속의 다리 위에서 춤을 추어 주는 남자를 다시 만나게 될 것 같지는 않았다.

대학 때 친구가 이런 말을 한 적이 있다. 우리는 그때 학교 연못가에 쭈그리고 앉아 맥주를 마셨나 커피를 마셨나 하고 있었는데, 그 애가 말했다.

"여자랑 만나면 나름 이벤트랍시고 불꽃놀이 해 주는 녀석들 있잖아. 난 그런 자식들이 제일 싫어."

왜, 내가 물었겠지.

"오래 연애를 했는데, 그 자식이 어느 날 나를 불러내더니 불꽃을 막 터뜨려 주는 거야. 그게 얼마나 예뻤는지 몰라. 사실 그 남자한테 서운한 것들이 많을 때였어. 아, 이제 나한테 잘해 주려고 이러는구나, 생각도 들었지. 그러니까 나는 다시 한 번 사랑에 빠졌어, 그때."

"그런데?"

"그런데 불꽃들 다 정리하고서 그러더라고. 이제 그만 만나자
고. 헤어지자고."

아무래도 커피를 마시면서 그런 얘기를 하지는 않았던 것 같
다. 맥주였나 보다.

"불꽃이 얼마나 예뻤는데. 왜 그렇게 예쁜 장면을 보여 주고서
헤어지자 그랬을까. 개자식."

그러게. 개자식.


어두운 다리 위에서 그렇게 예쁘게 춤을 추어 주었던 녀석과
나도 헤어졌다. 다리 위에서 춤을 추어 주기는커녕 춤을 출 줄 아
는 남자와도 이후로는 만나 본 적이 없다. 춤추던 그 모습이 하도
예뻐서, 나 이후에 만난 여자에게도 그렇게 춤을 추어 줬을까 봐
가끔 얼척없는 질투가 나기도 했다.


요즘 자꾸 옛이야기들을 꺼내게 되는데, 옛이야기들이 재미있
는 건 이제 어느 정도는 결말을 들추어낼 수 있기 때문인 듯하다.
그래서 그 친구는 어떻게 되었는데? 그렇게 물었을 때 대답해 줄
수 있기 때문이란 거다. 다리 위에서 춤을 추어 주던 녀석은 두
딸의 아빠가 되었고, 그의 아내는 그보다 인물이 훨씬 더 출중하

다. 그리고 불꽃놀이 때문에 상처 받았던 내 친구는 세 아이의 엄마가 되었다. 이쯤 되면 해피 엔딩이다. 나는 뭐…… 더 두고 보도록 하자.

주홍색 노을이 번지는 것도 모르고 마냥 뛰어놀다 돌아온 저녁,
또각또각 엄마가 된장찌개에 넣을 호박 써는 소리를 들으며
방바닥에 누워 까무룩 잠이 들라치면,
잘 개어 놓은 이불 사이로 어느새 발이 꼬물꼬물 기어들어 가고
그 끝, 따그락 만져지던 양은 밥통. 따끈한 밥통의 온기가
그저 좋아서 나도 모르게 노곤하게 소리를 쳤지.
엄마, 밥 줘.

## PART 2

엄마,
하고 부르면

# 반지 이야기

커서 뭐가 되고 싶어? 질문을 받을 때마다 "소설가가 될 거예요" 대답하기 시작한 게 열 살부터다. 소설가는 가난할 테니까 돈을 벌기 위해 다른 직업을 하나 더 갖고 싶었던 적은 있었지만 내 꿈은 언제나 소설가였다.

그랬던 꿈을 나는 잠깐 접은 적이 있었다. 스물아홉 살이었다. 등단을 기다리는 시간이 이제 지겨웠고 다 부질없다 느껴졌고, 또 내 재능으로는 소설가가 영영 될 수 없을 것 같았기 때문이었다. 이제 안 써, 다시는 안 써, 생각했다. 그리고 착한 직장인이 되기로 마음을 먹었다. 나는 그 무렵 호주에서 지내고 있었고, 소설을 포기하기로 마음먹은 것 외에는 비교적 평온했다.

착한 직장인이 되기로 마음먹은 기념으로 나는 1년 동안 돈을 모아 엄마에게 반지 하나를 선물하기로 결정했다. 다음 해 귀국할 때 내 트렁크 안에는 몇 부인지도 모르고 산 깨알만 한 다이아몬드 반지가 들어 있었다.

엄마가 그 반지를 얼마나 애지중지했는지는 길게 설명할 것도 없다. 엄마는 둘째 딸이 이국땅에서 돈을 아껴 가며 반지를 샀다는 사실에 가슴 아파했다.

"미친년. 배고플 때 밥이나 사 먹지. 이깟 반지가 뭐라고. 이왕 멀리 간 거, 여행이나 원 없이 다니든가. 이 반지, 이게 뭐라고."

한국에 비한다면 호주의 다이아가 가격이 훨씬 싸고, 그 다이아가 진짜 깨알만 한 크기라는 건 엄마에게 하나도 중요하지 않았다. 이후에 언니나 여동생이 엄마에게 몇 번이나 반지를 해 주니 마니 한 적이 있었지만 엄마는 단칼에 거절했다. 나는 둘째가 해 준 다이아 반지가 있어, 엄마는 큰 소리로 말했다. 내 결혼식을 치르면서도 "엄마, 내가 쌍가락지 하나 해 줄까?" 물었지만 엄마는 버럭 소리쳤다. 쓸데없는 소리 말라고, 나는 다이아 반지도 있는 사람이라고.

엄마는 반지를 아껴 아껴 꼈다. 평소에는 꽁꽁 감춰 두었다가 어디 나들이라도 갈 때가 되어서야 꺼냈다. 그랬던 엄마가 반지를 잃어버렸다. 작년인가 재작년인가의 일이었다.

할 말이 있어 전화를 했는데 엄마는 끙끙 앓고 있는 참이었다. 몸살이라며, 그냥 전화를 끊으란다. 무슨 일이냐 재차 물었더니 당일치기로 친구분들과 거제도로 여행을 다녀왔는데 몸살이 났단다. 그런가 보다 하고 끊었다. 다음 날 아침이 되어서야 아빠에게서 자초지종을 들을 수 있었다.

오랜만의 나들이라 반지를 꺼내 끼고 엄마는 거제도행 관광버스를 탔다. 동네 어른들을 가득 태운 버스는 거제도를 한 바퀴

돌았고 저녁나절이 되어서야 그곳을 출발했다. 엄마는 돌아오는 버스 안에서 반지의 다이아가 홀랑 빠져 있다는 걸 깨달았다. 거제도로 가 봐야 찾을 방도가 없었고 버스 안의 불을 다 켜고서 친구분들과 함께 버스 바닥을 샅샅이 훑었다. 허사였다. 엄마는 다이아 알갱이가 빠진 반지를 끼고 허망하게 집으로 돌아왔다.

그 길로 엄마는 앓아누웠고 다이아를 잃어버린 자책으로 밤새 잠을 이루지 못했다. 옆에서 어쩔 줄 모르던 아빠는 "혹시 집에서 잃어버렸던 건 아닐까? 내가 한 번 뒤져 볼게", 엄마에게 전혀 위로가 되지 않을 말만 반복하며 공연히 집 안을 서성였다. 엄마 눈에는 그런 아빠가 더 짜증스러웠을 테고. "그래도 혹시 모르잖아", 아빠는 진공청소기 먼지통을 다 들여다보았다. 물론 없었다.

다음 날 아침 아빠는 싱크대 거름망을 뒤졌다. 마당 수돗가로 들고 나가 물을 살살 흘려보내며 훑은 거다.

아빠는 기적적으로 그 안에서 다이아 알갱이를 찾아냈다.

나는 마당 수돗가에 쭈그리고 앉아 거름망을 살살 흔들고 있었을 아빠의 등을 가끔 생각한다. 드디어 다이아 알갱이가 반짝였을 때 아빠는 얼마나 우쭐했을까. "야아! 이거 봐! 여기 있잖아! 내가 뭐랬어!" 의기양양하게 소리쳤을 아빠.

엄마는 마당으로 난 안방 창문을 와락 열어젖히며 이렇게 외쳤을 것이다.

"진짜요? 그기 거기 있어요?"

그 이야기를 전해 듣고 나는 코가 아주 많이 찡해졌다. 다이아를 찾은 건 정말 다행이었다. 깨알만 한 다이아가 아까워서가 아니라 엄마가 느꼈을 그 미안함을 잘 알아서였다. 내가 소설가의 꿈을 꾸는 동안 딸이 가난해질까 봐 늘 마음 졸였던 엄마를 잘 알아서, 내가 이제 평범한 직장인이 되겠다 말했을 때 다행이라 여기면서도 아주 많이 안쓰러워했을 엄마를 잘 알아서였다. 반지는 엄마에게 그만큼 애틋한 물건이었다.

엄마는 반지를 이전보다 더 아껴 꼈다. 금방엘 가서 다이아를 잘 붙인 뒤에도 몇 번이나 흔들어 보며 확인을 했고, 집을 나서고 나면 수시로 반지를 쳐다보았다. 그러면서 집에 돌아오면 신경질을 부렸다.

"내가 이놈의 반지 때문에 신경이 쓰여서 하루 종일 아무것도 못 했네."

"그깟 반지가 뭐라고? 대충 껴. 잃어버리면 또 사 줄게."

"이젠 안 잃어버려. 아무 금방엘 가면 잘 못 붙일까 봐 내가 롯데백화점 금방까지 가서 붙였어."

"롯데백화점 금방은 본드 성능이 더 좋대?"

"그래도 백화점이잖나. 롯덴데."

나야말로 엄마에게 미안하단 말을 못 했다. 마음 졸이게 해서 미안해, 안쓰러운 마음 들게 해서 미안해, 엄마. 그 말을 못 해서 더 미안하지만 어쩌면 앞으로도 못 할지 모르겠다. 요즘은 희한하게도 "엄마!" 부르기만 해도 저기 등뼈에서부터 서늘하고 짠한 기분이 올라오니 말이다.

내가 미안하다는 말을 잘하는 여자가 될 때까지 그냥 내 옆에 있어 주었으면. 그러니까 내가 한참 더 자랄 때까지.

# 냉동실의 즐거움

강아지 봉수는 더 자고 싶은지 이불 속 내 발치에 누워 꼼짝도 않는다. 게으른 강아지를 놔두고 슬슬 주방으로 나갔다. 문득 된장찌개 생각이 났기 때문이다. 짭짤하게 끓여 밥 한 그릇 비벼 먹을 수 있는 그런 된장찌개.

하지만 냉장실은 폐허다. 귤 스무 개쯤 파랗게 곯아 있고 양파는 여섯 개 모두 손 안에서 물크러졌다. 된장찌개에 빠져서는 안 될 것이 나박나박 썬 무인데, 도대체 저걸 언제 사 놓은 건지 기억도 나지 않았다. 게으른 강아지를 끌고 동네 슈퍼에 나가 볼까, 3분쯤 고민을 했지만 곧 그럴 필요 없겠다는 결론에 이르렀다. 나에게는 보물단지 같은 냉동실이 있으니까.

냉동실 선반에는 두 개의 병이 나란히 놓여 있다. 마른 멸치와 보리새우를 곱게 간 거다. 매운 걸 좋아하지는 않지만 송송 썰어 둔 청양고추도 꺼내고 대파 썬 것과 양파도 한 줌씩 꺼냈다. 무도 있군. 역시 한 줌. 플라스틱 밀폐 용기 안에 이렇게 챙겨 준 건 엄마다. 음식을 쉽게 해 먹으라 두 달에 한 번 정도 이런 식으로 냉동실을 채워 주는 거다.

냉동실 서랍 칸에는 숱한 초록 봉지들. 주먹만 한 이 봉지들 안에는 된장찌개에 딱 넣기 좋은 재료들이 들었다. 가장 먼저 눈에 들어온 것은 데친 머위잎이다. 쌉쌀하게 머위잎을 넣고 끓인

된장찌개도 나쁘지 않지. 그다음은 두릅. 두릅은 내가 제일 좋아하는 채소지만 이건 아껴 두기로 한다. 친구들이 모인 저녁상에서 끓여 내야 할 것 같으니까. 달래와 얼갈이배추도, 냉이도 있다. 냉이를 좋아하긴 하지만 엄마는 이번에 들깨 가루에 버무린 냉이를 챙겨 주었다. 들깨 가루는 정말 질색이다.

"저건 인생을 개뿔도 몰라. 냉이를 들깨 가루에 버무려서 찌개에 넣으면 얼마나 맛있는데."

엄마는 혀를 끌끌 찼지만 나는 결코 동의할 수 없다. 그래서 오늘의 선택은 미역이다. 모르는 사람 많지만, 물에 불려 깨끗하게 씻어 놓은 미역을 된장찌개에 한 덩이 퐁당 빠뜨리면 국물이 어마어마하게 시원해진다.

"넌 1년에 고향 집을 몇 번이나 가?"

"두 번쯤? 설하고 추석."

내 대답에 곰곰 생각하던 친구가 말을 잇는다.

"그럼⋯⋯ 이제 서른 번 정도 남았겠구나."

"뭐가?"

"엄마를 만날 일."

　가슴뼈를 누군가 세게 튕겨 버린 것처럼 낯설고 갑작스러운 통증 같은 것이 느껴졌다. 1년에 두 번쯤 만나는 엄마. 엄마가 어느새 일흔을 넘겼고, 평범한 다른 노년처럼 여든다섯 정도까지 살아 준다면 그래, 서른 번쯤. 조잘조잘 베개를 바짝 당겨 누워서 그동안의 서울살이에 대해 떠들 수 있는 날이 그만큼. 무언가 조금 이상하고 불편한 진실이다. 나는 토라진 사람처럼 기분이 나빠져 버렸다.

　"나는 열 번쯤 남은 것 같아. 너보다 더 안 가고, 우리 엄마는 너희 엄마보다 더 늙었거든."

　친구는 천천히 맥주잔을 비웠다.


　미역된장찌개에는 조갯살을 서너 점 넣으면 훨씬 더 좋은데 그건 없다. 잘 끓은 된장찌개에 따신 밥 한 그릇을 놓고 금세 비웠다. 그러고는 엄마에게 전화를 걸었다. 조갯살을 왜 안 챙겨 주느냐고, 나는 바쁘니까 엄마가 서울에 좀 올라오면 좋은데 왜 안 그러느냐고, 공연히 짜증을 냈다.

　"이 가시나는 내가 집에서 노는 줄 알아요, 아주. 손주 둘 키우느라 내가 동네 아줌마들이랑 고스톱도 한번 못 치고 사는데."

　은행에 다니는 여동생은 지난주에 승진을 했다. 여동생의 아이 둘 키워 주는 것이 버거워 이젠 은행을 좀 그만두지 그러냐고 한마디 하려 했던 엄마는 그만 그 소리가 쑥 들어가 버렸다. 승진 소식을 누구보다 기뻐한 사람은 엄마였다.

내 냉동실에는 코다리조림도 그리고 가자미조림도 있다. 두 도막씩 나누어 담은 그것들은 냄비에 물 약간 넣고 데우면 바로 먹을 수 있다. 녹찻물에 담갔다가 소금을 적게 뿌려 옥상에서 말린 열기는 절대 내가 손대면 안 되는 생선이다. 그건 아기를 위해 엄마가 따로 해 준 거니까. 잔가시를 다 발라 한 도막씩 얼려 준 갈치도 내가 먹으면 안 된다. 지난번엔 손바닥만큼 큰 전복을 보내 줘서 버터구이를 잔뜩 해 먹었다가 엄마한테 혼찌검이 났다.

"애기 주라고 보내 놨더니 그걸 왜 니가 먹나? 얇게 썰어 가지고 들기름 살짝 넣고 볶아 주면 애기들이 얼마나 잘 먹는데!"

꽃새우도 아기 것이고 간을 아주 살짝만 한 소불고기도 아기 것이다. 그래도 내 것들이 훨씬 더 많으니 괜찮다. 저녁엔 미역된 장찌개 남은 것과 코다리조림을 같이 먹으면 딱 좋을 거다. 내 냉장고는 그래서 늘 즐겁다.

# 어느 날 갑자기

1월이었다. 친구의 결혼식이 있었고 오랜 친구들이 한데 모여 와자지껄한 피로연을 치렀다. 동갑내기 친구들 중 절반은 결혼을 했고 절반만 싱글로 남았다.

이미 결혼한 친구들은 늦은 결혼을 한 신랑에게 겁을 주었다.

"너도 이제 좋난 거야. 잘돼 봐야 내 꼴이라고."

싱글들도 으름장을 놓았다.

"두고 봐. 너 따위 불가촉천민이랑은 놀아 주지도 않을 거야!"

갈비탕을 먹고도 우리는 고깃집으로 몰려갔고 엄청나게 먹어 대는 바람에 밥값을 내주러 온 신랑 녀석이 투덜거릴 지경이 되고 말았다.

"너희 결혼할 때 다 복수할 거야. 죽도록 먹어 대서 주머니 탈탈 털어 버릴 거라고."

내가 제일 큰 소리로 비웃었다.

"내가 보기엔 이게 마지막 결혼식인 거 같은데? 여길 봐 봐. 누가 더 하겠어?"

그날 밤 나는 배탈이 났다. 밤새 끙끙대다 아침이 되었을 때 동네 약국을 찾았다. 약사는 이것저것 약을 담아 주며 습관인 양 물었다.

"임신 가능성은 없죠?"

"네."

약 봉투를 들고 나오다가 잠깐 생각했다. 가능성이 없나? 그러고는 혼자 풀풀 웃었다. 가능성은 무슨. 말도 안 돼. 약국 문을 열다 다시 생각했다. 정말 없는 거 맞아? 문밖 하늘이 새파랬다. 하늘빛이 하도 청명해서 나는 1분쯤 더 생각했고 몸을 돌려 약사에게 다가갔다.

"혹시 몰라서…… 테스트기 하나만 주실래요?"

그날 나는 욕실 앞 복도에 쪼그리고 앉아 한참을 웃었다. 하도 어이가 없어 그랬다. 임신이라니. 혼전 임신이라니. 나는 스물두 살도 아니고 서른두 살도 아닌, 마흔두 살이었다. 내가 아는 최고령 혼전 임신의 주인공이 나라는 것을 안 순간, 도저히 웃음이 멈추질 않았다. 이 일을 어쩌면 좋아. 무릎에 얼굴을 묻었는데 그때, 내 볼을 보드랍게 간질이던 핑크색 파자마의 감촉이 나는 여태 잊히지 않는다.

남자 친구의 집에는 내 것과 똑같은 고타쓰(こたつ)가 있었다. 우리는 고타쓰에 다리를 넣고 앉아 이제는 제목이 생각나지 않는 영화를 보고 있었다. 내 눈에 영화가 들어올 리 없었다. 이런 이야기를 꺼내는 방법을 잘 알지 못해서 나는 여러 번 망설였고 급기야 입을 열었다.

"나 아기 가진 것 같은데."

아마 그렇게 말했을 것이다. 고개를 홱 돌려 나를 바라본 그의
입이 쩍 벌어졌다. 두 손으로 얼굴을 몇 번 비비던 그는 차마 무
어라 대답도 못 하곤 서재방으로 들어가 버렸다. 고타쓰의 뜨끈
한 기운이 내 다리를 데우고 있었고 그는 한참 만에야 나왔다.

"너, 장난치는 거면 나한테 혼난다?"

나는 픽 웃고 말았다. 마흔두 살 여자 친구가 동갑내기 남자
친구한테 설마 그런 장난을 칠까. 나는 알 수 있었다. 그가 서재
방에 들어간 건 푸하하 터지는 웃음을 들키지 않기 위해서라는
걸 말이다. 그도 나만큼이나 어이없어하고 있었다.


이후 며칠 동안 나는 스스로에게 고백을 하는 시간을 가졌다.
내가 아기를 낳을 수 있을까. 결혼을 할 수 있을까. 그런 삶을 원
했던 것일까.

의외로 나는 나를 쉽게 수긍했다. 나는 어쩌면 오래전부터 아
기를 원했는지도 몰랐다. 서른 살 이후 단 한 번도 결혼을 원한
적 없었고 아기도 원한 적 없었다 생각하며 폴짝폴짝 잘도 뛰어
다녔지만 아마도 마흔 살을 건너며 몸속에 아기를 품어 보고 싶
은, 희한한 감정에 자주 사로잡혔던 기억을 떠올렸다. 그건 몹시

도 동물적인 본능 같은 것에 가까워서, 나는 그런 감정이 들 때마다 어쩌면 이제 그런 날은 오지 않을지도 모른다는 불안함에서 기인한 것이라 내 멋대로 선을 그어 왔을 뿐이었다.

그러고 보면 테스트기를 썼던 날, 욕실 앞에 주저앉아 한참을 웃어 버린 건 내가 아는 최고령 혼전 임신이 나여서가 아니라 나에게 온 작은 요정이 하도 귀여워 그랬을는지도 몰랐다. 그러니 망설일 것이 없었다.

나는 애벌레처럼 이불을 돌돌 말고 누워 그에게 물었다.

"요 녀석을 당분간 뭐라고 불러 줄까?"

잠깐 생각하던 그가 대답했다.

"미니웅."

'웅'은 그의 이름 두 글자 중 하나였다. 작은 웅. 나는 순순히 끄덕였다. 비누 냄새, 로션 냄새가 역해 내내 짜증을 부렸던 일주일을 빼고는 입덧도 없이 미니웅은 요이 땅, 을 시작하며 잘도 자랐다.

# 결혼을 하다

엄마    내가 살아 보니 그래. 남자는 점점 귀찮아져. 애새끼도 필요 없고.

나    필요 없어?

엄마    야, 자식새끼들이 부모 늙어서 아프면 쳐다보기나 할 거 같아?

나    쳐다야 보지.

엄마    요양원에 확 집어넣고 간병인이나 붙여 주겠지.

나    무슨 그런 소릴.

엄마    그러니까 애새끼도 필요 없어. 살아 보니 그래.

나    딸 앞에서 할 소린 아닌 것 같은데.

엄마    나는 다시 살면 절대 결혼 안 해. 내 혼자 깔끔하게 살 기야.

나    그것도 좋지.

엄마    그런데 니는 실컷 잘 살다가 이제 다 늙어서 뭘 결혼을 하니 마니 그러나.

나    그냥 뭐, 안 해 봤으니까.

엄마    참말로 이해가 안 되네.

나    해도 별로 안 나쁠 것 같고.

엄마    꼭 해야겠나.

나    그냥 뭐.

| | |
|---|---|
| 엄마 | 하면 언제쯤 할 긴데? |
| 나 | 4월. |
| 엄마 | 4월? |
| 나 | 응. 4월 11일. |
| 엄마 | 왜 꼭 그날이냐. |
| 나 | 세종문화회관에 딱 그날만 자리가 있어. |
| 엄마 | 언제까지 예약하면 되는데? |
| 나 | 했어. |
| 엄마 | 했나. |
| 나 | 응. |
| 엄마 | 예약을 했다고? |
| 나 | 응. |
| 엄마 | 니 지금, 그러니까 내한테 허락도 안 받고, 신랑감은 얼굴도 아직 안 보여 주고, 식장 예약을 했다는 거냐? |
| 나 | 그냥 뭐. |
| 엄마 | 이것들이 둘 다 미쳤나. |

결혼을 한다면 꼭 광화문 프레스센터에서 하고 싶었는데 빈 날짜가 없었다. 웨딩플래너는 세종문화회관을 추천했고 알아보니 빈 날짜가 4월 11일 딱 하루였다. 당장 예약금을 건다면 식장

비용도 30%나 할인을 해 주겠다 해서 그냥 예약금 20만 원을 보낸 거였다. 그래서 어쩌다 보니 허락이 아닌 통고가 되고 말았다.

신경질이 뻗친 엄마가 남자 친구를 행여 못마땅해하면 어쩌나 걱정했지만, 인사를 하러 고향 집엘 갔더니 엄마는 남자 친구 옷도 사 주고 양말도 사 주고 칫솔도 챙겨 줬다. 아빠한테 남자 친구가 쓸 새 면도기를 사 두랬는데 아빠가 잊어버리는 바람에 엄마는 한참 잔소리를 퍼붓기도 했다.

"꼭 도둑놈처럼 생겼고만."

그렇게 투덜대면서도 꽤나 예뻐해 주었다.

낡은 집이라 욕실이 추워 엄마는 남자 친구가 씻는 동안 걱정을 했으면서도 막상 그가 욕실에서 나오자 "내가 뭐, 니가 추울까 봐 걱정이라도 할 줄 알았나?" 그렇게 큰소리를 치는 바람에 남자 친구는 무슨 영문인지 몰라 어리둥절해하기도 했다.


"내가 여기 오면서 양말이랑 면도기도 안 챙겨 왔을까 봐."

남자 친구는 엄마 방식대로의 환대가 어색하고 민망해 어쩔 줄 몰라 했다.

"그냥 주는 대로 양말 신고 면도하고 그래. 그럼 만사가 편해."

"나는 양말에 상표 붙어 있고 그런 거 싫은데."

아마도 라코스떼 양말이었나 보다. 그렇게 쭝얼거린 걸 보면 말이다.

내가 직접 그린 청첩장을 받아 든 친구들의 반응은 그야말로 야단법석이었다. 대부분은 까르르 숨 넘어가게 웃어 댔고 세상 끝까지 함께 갈 거라 의리를 맹세했던 싱글 친구들의 배신감도 어마어마했다.

그러고 보니 축하한단 말보다 더 많이 들은 것이 "어, 그럼 J는 어떡해? H 언니는 어쩌고?"였던 것 같다. J와 H 언니는 내 결혼식 날 화환을 보냈다. 리본에다 "아이고 배야" 이렇게 써서 말이다. 나는 생애 처음으로 뿔테 안경을 벗은 채 친구들 앞에 섰고, 5개월이 된 미니웅은 결혼식 내내 코르셋 속에 숨어 있느라 좀 애를 먹었다.

# 엄마를 이야기하다

오래전 엄마와 영화를 보러 간 적 있다. 제목이 〈애자〉였다. 배우 최강희가 인생 안 풀리는 노처녀 작가 역으로 나오는 영화였다. 병든 엄마를 지키며 병원 밖에서 몰래 담배를 피우고, 거지깽깽이 같은 차림으로 다니는 꼬락서니가 우리 엄마는 영 마음에 안 드는 모양이었다. 당신의 둘째 딸, 그러니까 내가 자꾸 떠올랐던 거겠지.

영화의 클라이맥스쯤, 죽음을 목전에 둔 엄마와 딸이 단둘이 떠난 여행길에서 두 사람은 마구 언성을 높이고 있었다. 잘 기억은 안 나지만 아마도 "엄마도 엄마를 위해서 좀 살아 봐!" 그런 분위기였던 듯하다. 나는 막 쿨쩍쿨쩍 눈물이 났다. 다른 관객들도 마찬가지였을 것이다. 최강희가 막 악을 쓰는 장면에서 우리 엄마, 나지막하지만 단단하게 주인공을 향해, 한마디 했다.

"시집이나 가라, 이년아."

엄마의 목소리는 낮았지만 너무 컸고 순식간에 관객들은 그 소리의 정체를 알아차렸다. 여기저기서 키득대는가 싶더니 급기야 누군가 박수를 치기 시작하자 관객들이 모두 따라 박수를 쳤다. 그날 엄마는 뜻밖의 박수 세례를 한참이나 받고 돌아왔다. 창피해서 정말이지 얼굴을 들 수가 없었다.

일산시청 소속 장대높이뛰기 선수와 결혼하는 꿈을 꾸어서 일산시청에 정말 장대높이뛰기 선수가 있는지 알아보려 했는데, 고양시청도 아니고 일산시청이라는 곳은 아예 존재하지 않았다. 그렇게 결혼 같은 것 안 하고 엄마에게 매일 욕이나 먹으며 살 운명이려니 했다.

그럼에도 결혼을 하게 되었다. 결혼 준비는 생각보다 복잡했고 결혼 날이 며칠 앞으로 다가오자 머릿속은 다 부푼 풍선처럼 멍하고 어지러웠다. 엄마의 전화가 그때 걸려왔다.

야, 포항에서 가는 손님들은 얼마 없어. 나는 니가 뭐 시집을 가겠나 싶어서 다른 집 결혼도 딱 둘째까지만 갔어. 셋째 결혼식들은 하나도 안 갔어. 그러니 니가 간다고 해도 나는 사람들한테 와 달라 소리도 못 해. 나도 두 번씩이나 사람들을 불렀는데 사람들을 또 어째 부르나. 세 번짼데. 야마리 까졌다고 사람들이 욕해. 해 봐야 서른 명이나 가나. 예식 시간이 늦어 가지고야 사람들 밥을 어째야 하나 내가 고민이 말이 아이다. 니는 뭘 예식 시간을 그래 늦게 잡나. 열두 시나 한 시가 딱 좋지. 대전쯤에서 내려 갖고 국수라도 한 그릇 먹일라니 그것도 보통 일이 아이고. 밥하고 떡하고 고기랑 실어 가지고 가야지, 뭐. 술도 받고. 경수 엄마가 내한테 그러잖나.

"아이고 형님, 국은 내가 끓여 갖고 버스에 실을게요."

내가 그래 갖고 막 뭐라 했어.

"야! 니 신랑이 아파서 병원에 누운 지 몇 년인데, 니가 뭔 정신
이 있다고 국을 끓이고 말고 하나. 서울 가 주는 것만도 내가 고
맙다. 고마 쓸데없는 소리 마라."

그랬는데도 자꾸 국을 끓여 온다 그러잖나. 경수 동생 희영이,
니 알제? 희영이가 결혼을 해서 직장을 댕겨. 근데 희영이를 데리
고 가겠다는 거라. 버스에서 사람들 수발들고 할라면 젊은 사람
이 있어야 된다고. 그래서 내가 미쳤냐고 막 뭐라 했어. 직장 다니
는 아를 뭘 심부름을 시키겠다고 주말에 서울에 델고 가나. 돌았
나. 직장 댕기면서 새끼 키우느라고 진이 쭉쭉 빠진 아를 니 결혼
식이 뭐라고 서울까지 가자 해. 막 뭐라 했어, 내가.

그랬더니 상혁이 엄마가 국을 또 자기가 끓인다고 안 하나. 니
상혁이 엄마 알제? 환호동 사는 엄마. 그 집도 손주 둘 봐 주느라
정신이 하나도 없어. 아들 둘이 하나씩 아를 지 엄마한테 맡겼잖
나. 그래서 내가 그랬어.

"형님. 우리가 인제 다들 늙어서 그런 짓 못 한다. 내가 알아서
할 테니까 그냥 가 주기만 해도 내가 너무너무 고맙소."

마음이 너무 고맙잖나. 우리가 젊었을 때는 어디 갈 때마다 국
도 끓이고 중간에 버스 세워 놓고 밥도 먹고 그랬어. 그냥 주차

장 같은 데서, 자리 깔고. 왜? 니 그런 여자들 보면 막 욕했나. 그
래도 그기 해 보면 재밌어. 근데 인제 늙으니까 그런 짓 못 해. 힘
이 들어 갖고 서울까지 가기도 어려워. 내가 우리 집 세 번째 결
혼이니까, 또 서울서 하니까, 가잔 말도 잘 못했어. 아직 몇 명 몰
라. 버스에서 밥을 제대로 못 먹이니까 고마 봉투에 만 원씩 넣어
서 줄라고. 식 끝나고 내려가면 밤이야. 어두워서 저녁 먹을 데도
없어. 휴게소 가서 우동이라도 한 그릇 먹으라고 만 원씩 넣어 주
고 말라고. 야. 우리도 인제 다 늙어서 여기저기 아픈 엄마들도 많
아. 서울 가자 하기가 쉽지가 않아. 많이 못 가니까 그런 줄 알고
있어.

　이 가시나가 미쳤나. 버스 대절하는 돈을 니가 왜 주나. 내가
그 정도 돈도 없는 줄 아나. 이 가시나가 가만 보면야 엄마를 아
주 무시해. 고마 시끄라. 욕은 안 먹을 만치 떡이랑 음식이랑 해서
갈 거니까 그 걱정은 하지도 마. 돈을 니가 왜 주나. 시끄라. 미쳤
나, 진짜. 그리고 내가 분명히 말하지만, 니들 둘 다 한복 안 하면
난 결혼식 안 가. 아니, 한복도 없이 어째 어른이 되나. 그기 말이
되나. 이번 주에 내가 가서 둘 다 한복 해 입힐 기야. 그런 줄 알
아. 고마 시끄라.

# 손목터널증후군

아기를 가지고, 배가 점점 불러 오면서 손목터널증후군이 생겼다. 출산을 해야만 낫는 병이라고 했다. 약을 먹을 일도 아니라니 달리 방법이 없어 인터넷 쇼핑몰에서 손목 보호대를 샀다. 그 김에 발목 보호대도 같이 샀는데(그래야 무료 배송이다) 그러고 나니 막내 작은엄마가 생각났다.

내 작은엄마는 시인이다. 작은엄마는 내가 대학에 다닐 무렵 등단을 했는데 가끔 명절 때 만나면 "청탁이 없어 죽겠어. 마음이 바짝바짝 타. 이러다 시집도 못 내고 그냥 끝나는 게 아닐까", 나에게 하소연을 했다. 그럼 나는 "전 이러다 등단도 못 하고 그냥저냥 살게 될 것 같아요. 그럼 사는 것 같지도 않을 거야", 한술 더 뜨곤 했다. 그래도 그런 말들을 터놓고 할 수 있어 나는 작은엄마를 참 좋아했다.

아니, 나는 아마 그전부터 작은엄마를 좋아했을 거다.

막내 삼촌과 작은엄마는 고등학교 때부터 연애를 했다.(아무래도 집안 내력인가 보다. 우리 엄마와 아빠도 고등학교 때부터 연애를 했는데.) 두 사람은 가톨릭교우회에서 만난 동갑내기였다. 삼촌은 서울로 진학을 했고 작은엄마는 교대를 졸업한 후 고향에서 초등학교 교사로 근무했다.

　나와 동갑내기인 둘째 작은집의 사촌은 그래서 작은엄마에게 배웠다. 나는 그게 그렇게도 부러웠다. 막내 삼촌의 여자 친구가 담임선생님이라니! 동갑내기 사촌은 공부도 잘했고 머리카락을 엉덩이 아래까지 길러 양 갈래로 땋고 다니던 예쁘장한 아이였다. 나는 엄마에게 투정을 부렸다.

　"우리 집은 뭐 하러 포항까지 왔어? 그냥 삼척에 살았으면 나도 그 학교에 다니는 건데!"

　엄마는 코웃음을 쳤다.

　"야가 뭐라노. 니를 삼척에서 봐 났으면 니는 완전히 촌년으로 컸을 기야."

　아빠도 거들었다.

　"내가 제천으로 옮겨 갈 일이 한번 생겼었는데 그때 안 가길 잘했지. 아이고, 그랬으면 우리 딸내미들 맨날 깨구리나 잡으러 다니고 그러면서 컸을 텐데."

　내가 보기엔 포항이나 삼척이나 제천이나 도긴개긴이었으나 엄마 아빠 생각은 그렇게나 달랐다. 동갑내기 사촌처럼 머리를 좀 기를라치면 냉큼 잡아다가 댕강댕강 바가지 머리로 잘라 놓는 엄마한테 괜스레 더 짜증을 부리던 날들이었다.

　막내 삼촌과 작은엄마는 결혼을 했다. 할머니는 잔뜩 골을 냈

다. 명문대를 나오고 인물도 훤칠한 막내아들이 마냥 아까웠던
게다. 어린 내게도 우리 할머니네가 볼 것 없이 한참 처져 보였는
데 말이다.

작은엄마를 처음 보았을 때부터 지금까지 그녀는 단정한 단발
머리다. 결혼식 날에도 작은엄마는 여느 신부들처럼 올림머리를
한 게 아니라 단발머리 그대로, 소박한 화관을 썼다.(그러고 보면
내가 결혼식을 할 때 머리를 올리지 않고 조그만 안개꽃 화관을 쓴 건
어쩌면 그때 작은엄마의 영향이었을지도 모르겠다. 물론 나는 임신으
로 볼록해진 배를 가리느라 작은엄마처럼 슬림한 드레스를 입을 수는
없었다.)

공무원이었던 막내 삼촌을 따라 작은엄마는 학교를 옮겼다.
속초시 설악동. 설악동이라니. 이름만으로 충분히 그려지는 동
네. 어쩌다 한번씩 들를 때마다 거친 산자락에 눈이 푹푹 쌓여 있
었다.

엄마 아빠를 따라 설악동에 잠깐 들렀던 날, 작은엄마는 임신
중이었다. 설악동의 작은 아파트 현관문을 열어 주는데 그녀의
발목에 친친 감겨 있던 압박붕대.

"다리가 많이 아파서요, 요즘은 꼼짝도 못 해요."

작은엄마는 굼뜨게 걸었다. 첫아이였는지 둘째였는지 나는 잘
기억이 나지 않는다. 다만 작은엄마의 나이가 그때 서른세 살이

었던 것만 기억이 난다. 서른세 살 단발머리의 여자는 퉁퉁 부은 다리로 냉장고 앞에서 까치발을 섰다.

"서령이 스펀지케이크 좋아하니?"

냉장고 위에 케이크 상자가 있었다.

"줄 게 하나도 없네. 이거밖에."

내 눈에는 작은엄마가 참 예뻤나 보다. 그녀가 발음하던 스펀지케이크, 라는 단어가 더없이 달콤했던 걸 보니 말이다. 정말 스펀지처럼 입 속에서 포근하게 팍삭, 썹힐 것만 같았다. 하지만 작은엄마는 스펀지케이크 상자를 열지도 못했다.

"우리 지금 갈 끼야! 꺼내긴 뭘 꺼내나! 가는 길에 그냥 과일 가져다주러 잠깐 들른 기야. 그런 건 애기 가진 사람이나 먹어!"

엄마는 기어이 케이크 상자를 다시 제자리에 올려놓고 부랴부랴 현관을 나섰다. 나는 반쯤 잘라 먹고 남아있었을 스펀지케이크가 정말 아쉬웠지만 엄마를 따라 신발을 신었다. 작은엄마는 압박붕대를 감은 다리로 우리를 배웅했다.


그런데 사실, 작은엄마를 좋아했던 건 나뿐이었다. 집안 여자들은 모두 합심한 듯 작은엄마를 얄미워했다. 명절에 모여 앉아 전이라도 하나 부칠라치면 "아얏, 형님! 기름이 자꾸 튀어요. 무서워서 못 하겠어요" 칭얼거리거나 "자기야, 이런 건 자기가 나보다 잘하잖아, 응?" 그러면서 막내 삼촌을 불러 댔다. 그럼 또 막내 삼촌은 "아이참, 형수! 왜 자꾸 우리 영희를 괴롭혀? 그럼 나 이제 안 온다?" 튀김젓가락을 받아 들며 이렇게 어깃장을 놓기 일쑤였다. 삼촌이 전을 제대로 부칠 리가 없어서 엄마는 엉덩이로 삼촌을 밀어냈다. "야, 넌 들어가. 고마 내가 하께", 그러면 둘째 작은엄마가 쌩하게 눈을 흘겼고 큰엄마도 "조 여시 같은 것 좀 보레이" 하면서 퉁박을 주었다. 그러거나 말거나 막내 작은엄마는 쫄지도 않았다. 엄마가 막내 삼촌을 멀찍이 떨어뜨려 놓아 구원을 요청하지도 못했던 어느 날엔 작은엄마가 전을 부치다 말고 잔뜩 애교 섞인 목소리로 말했다.

"형님! 제가 전 부치는 대신 힘든 형님을 위해서 피아노 한 곡 쳐 드릴게요!"

그건 두고두고 우리 집안에서 말거리로 남았다. 다들 밀가루를 뒤집어쓴 채 마루에서 일을 하는데 작은엄마는 피아노 뚜껑을 열고 눈을 감은 채 피아노를 연주했다. 언니와 동생도 어처구니없다는 듯 작은엄마를 쳐다봤고 나만 킬킬킬, 웃어 댔다. 인상을 팍 쓴 언니와 동생에게 내가 말했다.

"왜, 귀엽잖아?"

동갑내기 사촌 역시 나만큼이나 결혼을 안 하고 뻗대는 바람에 집안의 온 어른들에게 욕을 먹었다. 사실 나는 잘도 피해 다녔다. 일단 나는, 엄마가 잘 막아 주었다.

"아이고 야야, 니들 이제 더 버티다간 재취 자리도 없다야."

누군가 그런 소릴 하면 우리 엄마의 목소리가 더 크게 터졌다.

"아니, 우리 집 간나가 시집을 가건 말건 왜 딴 데서 이 난리래요? 내가 내 새끼 안 가도 괜찮다는데 뭔 재취가 어쩌고저쩌고 말이 나와요?"

이모할머니도 그 누구도 그래서 나를 갖고 이러쿵저러쿵 말하기는 쉽지 않았고 그저 만만한 게 동갑내기 사촌이었다. 둘째 작은엄마는 시집 못 간 딸이 생애의 가장 치부인 양 구는 사람이어서 아주 딸을 달달 볶았다. 게다가 나는 명절이 되면 "엄마, 나 일본 갔다고 해. 홍콩 갔다 하든가" 그러면서 아예 집엘 내려가지도 않았다. 그러니 사촌만 앉아서 그 소리들을 다 들어 내고 있던 거다. 막내 작은엄마는 잔뜩 풀 죽은 사촌에다 대고 한 소리를 보탰다.

"너, 서령이도 안 간다고 마음 놓고 있음 안 돼. 걘 작가잖아. 작가는 시집 안 가도 된다, 너? 작가들은 싱글들 넘쳐 나. 너는 니 갈 길 찾아야지. 서령이도 있으니 괜찮다, 그런 생각 애초에 마."

그날 둘째 작은엄마는 막내 작은엄마 욕을 엄청나게 해 댔다.

"형님! 막내가 어찌 그래요? 어떻게 그런 소릴 애한테 해요?

지가 시인이라고 지금 소설가 편들어요? 고 가시나 우리 집에 오
기만 해 봐, 내가 밥도 안 해 줄 거야!"

생각날 때마다 둘째 작은엄마는 그 일로 우리 엄마에게 하소
연을 했다.

마냥 소녀 같던 막내 작은엄마도 이제는 환갑이 훨씬 넘었고,
"이제 제사는 아들 있는 니들이 지내. 난 할 만큼 했어"라는 우리
엄마의 말을 세상에서 제일 무서워하는 사람이 되었다. 엄마가
그 말을 꺼낼 때마다 통통하게 잘 말린 가자미나 속초 아바이마
을 젓갈들을 상자째 보내며 엄마 마음을 풀어 줄 줄도 안다.

막내 작은엄마가 보내 준 젓갈을 덜어 나에게 보내 주며 "저것
들이 그래도 참 착해. 제사 확 줘 버릴까 싶다가도 뭘 할 줄 알겠
나 싶어 그러지도 못하겠고", 엄마가 하는 말은 늘 그렇다.

엄마는 아마 평생 제사를 넘겨주지 못할 거다. 딱 한 번, 칠순
기념으로 미국 여행을 떠나느라 막내 작은엄마에게 할아버지 제
사를 맡긴 적이 있었는데 할아버지가 삐쳤을까 봐 잠이 안 오더
란다. 그러니 빤하지, 뭐.

# 앞집 사람

엄마가 또 사고를 쳤다.

앞집에 누군가 새로 이사를 온 모양이다. (하도 화가 나서 남자인지 여자인지, 몇 살인지도 제대로 물어보진 않았는데) 어쨌거나 엄마 말로는 "너무너무 착해. 착해 빠졌어"란다. 이 "착해 빠진" 앞집 사람은 학원 강사였는데 얼마 전에 실직을 했단다.

"그래서?"

나는 전화통을 붙들고 물었다.

얘기는 대략 이렇다. 너무너무 착해 빠진 이 사람이 실직을 한 것을 알게 된 엄마는 급격한 연민을 느끼게 되었고, 마침 엄마는 손자 녀석이 떠올랐다. 아, 우리 손자 현석이를 가르쳐 달라고 해야겠구나! 그래서 일주일에 세 번, 한 시간씩 과외를 해 달라 했단다.

| | |
|---|---|
| 나 | 엄마. |
| 엄마 | 왜. |
| 나 | 현석이가 몇 살이야. |
| 엄마 | 여섯 살이지. |
| 나 | 지금 여섯 살짜리를 과외를 시킨다고? |
| 엄마 | 갸가 글씨도 못 읽어. |
| 나 | 여섯 살은 원래 못 읽어. |

엄마     요즘은 다 읽어. 현석이는 지 이름도 못 써.

나       학교 가면 다 배워.

엄마     꼴찌 해.

나       주변에 봐 봐. 한글 못 읽는 사람 있어? 저절로 다 배워.

엄마     니가 뭘 모르고 하는 소린데.

나       내가 뭘 몰라.

엄마     현석이 아무래도 난독증 같애.

         (나는 이 대목에서 정말 거품을 물었다. 난독증. 여섯 살짜리
         가 한글을 모른다고 난독증이라니. 엄마 말로는 TV에도 나
         왔단다. 요즘 애들 난독증이 많다고. 나는 진심으로 엄마 집
         TV를 부숴 버리고 싶었다.)

나       어쨌거나 그거 시작하면 나 가만히 안 있어.

엄마     니가 어쩔 낀데?

나       암튼 안 돼. 절대 안 돼.

엄마     할 거야.

나       그 사람이 누군 줄 알고 해. 뭘 가르쳤던 사람인 줄 알
         고?

엄마     중학생들 가르쳤대.

나       중학생 가르치는 거랑 꼬맹이 가르치는 거랑 같아?

엄마     아이고야, 그래, 니 똑똑타.

나 　　그럴 돈 있으면 아빠랑 고기나 사 먹어.

엄마 　　할 거야.

나 　　하지 마.

엄마 　　불쌍해서 안 돼.

나 　　안 돼.

엄마 　　젊은 사람이 맨날 집에만 있는대니까.

나 　　안 돼!

엄마 　　이 드런 년이 어디서 꼬박꼬박 잔소리질이야? 할 꺼야!


　일주일에 세 번, 한 시간씩 하는 과외비로 20만 원씩 주기로 했단다. 일주일에 세 번, 15분씩 왔다가 호르륵 가 버리는 눈높이 선생님이 영 마뜩잖았던 엄마는 착해 빠진 앞집 선생님이 마음에 든 게다. 엄마와 아빠는 이 얼토당토않은 꼬맹이 과외 때문에 또 허리띠를 꽁꽁 졸라맬 거다. 정말 머리가 터지겠다. 벌써 과외비를 준 거냐고 따져 물었더니 아니라고는 하는데 대답이 시원치 않은 걸 보니 벌써 사고를 친 모양이다. 정말 갑갑하다. 왜 하필 실직한 선생님은 엄마네 앞집으로 이사를 와설랑은.

# 엄마 오는 날

응, 이제 막 출발했지. 아이야, 아까 출발한 거 아이야. 아까는 시장이었어. 오징어 살라고. 회 떴어. 가시나, 돈이 썩어 빠졌나. 왜 밥을 나가서 먹나. 나가 봐야 미원 범벅한 식당들밖에 더 있나. 니네 집 도착하면 배랑 깻잎이랑 썰어 넣고 오징어물회 한 그릇씩 먹으믄 되는 기지. 밥이나 해 놔. 물 많이 넣어. 저번처럼 꼬두밥 해 가지고 먹지도 못하게 하지 말고. 나이가 몇인데 아직도 밥을 그래 못하나. 그래 가꼬 아는 어떻게 키울 긴데? 살림을 못하면 글이라도 부지런히 쓰등가. 요즘은 아예 책도 안 나와요. 니가 책이 안 나오니 내가 어디 가서 할 말도 없고. 아줌마들이 다들 니요즘 우예 사나 묻는데, 내가 할 말도 없고 그러니 재미도 없고.

니 언니는 요즘 정신이 없어. 아가 이제 고등학교 2학년이 되니까 지도 똥줄 타지. 어디건 대학은 가야 할 거 아이나. 지 동서네 둘째가 이번에 건국대 수의학관가, 거기 원서 넣었잖나. 붙을 거 같대. 그 집 시아버지가 집안에 의사 났다고 그래 좋아하나 봐. 우째 그렇게 좋은 델 다 가나. 그르니까 니 언니가 안달이 안 나. 지 아들 공부 좀 한다고 그래 자랑했는데 거보다 못 가면 자존심 왕창 상하는 거지. 내 꼴좋다 그랬다. 그래서 자식 자랑 막 하는 거 아이야. 니도 나중에 어쩌는지 내가 다 볼 거야. 니, 조카들 받아쓰기도 제대로 못한다고 그래 숭봤제? 내 다 지켜볼 거야.

니 딸 어떤지.

　우리는 네 시간 있으면 도착해. 괜찮아. 천천히 가고 있어. 여기는 비도 안 와. 가시나, 웃기고 있네. 칠십 넘으면 운전도 못 하는 줄 아나 보네. 아주 우리를 늙었다고 꿍 무시하고 있어. 시끄라, 고마. 안 졸아. 가만가만 갈 거야. 김치통이나 씻어 놔. 묵은 김치랑 새 김치랑 잔뜩 가져가니까. 저번처럼 냉동실 안 비워 두면 죽을 줄 알아. 열기랑 가재미랑 마침맞게 잘 말라 가꼬 내가 아주 박스째로 들고 왔어. 그거 다 넣어 놔야 해. 아주 싹 비워.

# 이 봄이 다 내 것 같다

　말도 안 되는데. 나는 위통으로 하루 꼬박 모질게 고생을 하고 병원에서 막 수액 한 병을 맞고 나온 참이었는데. 하루 동안 금식을 하라는데, 고작 두 끼를 굶어 놓고 누워서도 하늘이 뱅뱅 어지러운 참이었는데. 이 봄이 다 내 것 같은 느낌이라니.

　실은 양수검사 결과를 기다리는 중이었다. 피검사 수치로는 굳이 양수검사까지 갈 것 없다고들 했지만 나이 많은 임산부인 나는 검사를 했다. 결과를 보려면 아직 일주일을 더 기다려야 했다.

　초음파 검사를 하는 동안 미니웅은 다섯 개 손가락을 짝짝 펴서 나에게 보여 주었다. 미니웅이 뜀뛰기까지 하는 바람에 배가 들썩들썩 해서 나는 웃음을 참느라 좀 애를 먹었다. 내가 낙천적인 성격이라고는 해도 그래도 양수검사가 겁이 나 여기저기 검색을 해 보았다. 예비 엄마들의 이야기는 대개 비슷했다.

　"저는 우리 아기를 믿으려고요."
　"양수검사가 더 위험해요. 아기를 믿으세요."
　"저도 아기 믿고 기다렸어요. 지금 무사히 태어나 잘 자라고 있는걸요."

나는 그녀들의 말이 좀 이해가 가지 않았다. 아기를 믿으라니. 염색체 이상으로 아프게 태어난 아기가 못 미더운 아기라 그런 것도 아닌데 뜬금없는 그런 말이 나는 조금 이상했다. 그건 아기를 믿고 말고 할 문제가 아니라 엄마와 아빠를 믿을 수 있어야 하는 일이 아닐까 생각했다. 아픈 아기가 태어나도 잘 키울 수 있을까 없을까 하는 것에 대한 믿음 말이다.

내가 어떤 엄마로 자랄지 가장 모르는 사람이 어쩌면 나일 것이다. 남편을 가만 쳐다보아도, 그가 어떤 아빠로 자랄지 모르겠다. 그도 아마 모르긴 마찬가지일 것이다.

그럼에도 불구하고 나는,

이 봄이 다 내 것 같다.

# 너 거기서 엄마 발톱 먹고 있니?

만삭이 되면 보름달처럼 부푼 배 때문에 발톱 깎기가 버거워 진다는 이야기를 하도 들어서, 나는 은근히 그럴 날을 기대하고 있었다. 방석 깔고 마루에 앉아 둥근 배를 어쩌지 못해 낑낑대면 얼마나 우습고 재미날까, 그런 생각을 했다.

하지만 내게 그런 일은 일어나지 않았다. 발톱이 자라지 않았 던 것이다.

발톱이 자라지 않는다는 것을 깨달은 건 임신 5개월이 지나면 서부터였는데, 손톱은 조금씩 자라도 발톱은 내내 그대로였다. 사흘에 한 번 정도는 샤워를 할 때마다 면도기로 다리 제모를 했 었는데, 그것도 할 필요가 없었다. 내 다리는 출산을 할 때까지 아무것도 자라지 않아 매끈했다.

내 체구가 작은 편이라 나는 행여 아기도 작을까 봐 마음을 앓 곤 했다. 초음파 검진 때면 의사는 아기의 예상 몸무게를 알려 주 었는데 평균치에 조금이라도 미달된다 싶으면 나는 당장 소고기 와 과일을 사다 놓고 양껏 먹어 치웠다. 두부와 감자를 싫어했지 만 그것도 억지로 먹었고 아파트 20층 계단을 오르내리며 운동 을 했다. 부른 배로 뒤뚱거리며 108배도 까먹지 않았다. 늦은 나 이의 출산이라 온통 겁먹을 일투성이였다.

임산부 영양제도 꼬박꼬박 챙겨 먹었는데 배 속에서 쑥쑥 자라는 아기에겐 그것도 부족했나. 나는 하나도 자라지 않은 발톱을 보며 어이가 없었다. 하긴, 나보다 몇 달 이르게 쌍둥이를 가진 내 친구는 양쪽 고관절이 저절로 부러졌다. 뼛속 칼슘이 다 빠져나가 그런 거라고 했다. 쌍둥이가 세상 밖으로 나오기 전까지는 치료도 할 수 없어 친구는 휠체어에 앉아 통증을 참으며 만삭을 보냈다.

나는 소파에 앉아 부푼 배를 도닥이며 물었다.
"너 거기서 엄마 발톱 먹고 있니?"

# 제2장, 회전하는 물통과 우주

친구가 잠을 제대로 자지 못했다고 투덜거렸다. 자겠다고 침대에 누웠던 그녀의 남편이 뜬금없게도 이런 질문을 던졌다는 거였다.

"유리수만 있다고 생각했던 사람들이 어떻게 무리수를 발견했는지 궁금하지 않아?"

물론 친구는 하나도 궁금하지 않았다. 꿈결처럼 아득한 단어, 유리수와 무리수. 하지만 그녀의 남편은 사랑하는 아내에게 그 이야기를 꼭 들려주고 싶었고 결국 노트까지 가져와 친절하게 필기도 해 주며 두 시간 동안 설명을 해 주었단다. 친구가 얼마나 고통스러웠을지 나는 충분히 이해할 수 있었다. 나 역시 그런 일이 몹시 잦았기 때문이었다.

갓 태어난 아기를 보느라 초저녁만 되어도 잠이 쏟아지던 어느 밤이었다. 침대로 가기 전 서재 방문을 열었다.

"커피 줄까?"

괜한 짓이었다. 공부를 하던 그가 뒤돌아보았다.

"커피는 됐고. 이리 좀 와 봐."

딱 걸렸다. 뭔가 시작되겠구나.

그는 가까이 다가선 나를 붙잡아 제 무릎에 앉히고 왼팔로 내 허리를 단단히 감았다. 얼핏 들으면 상당히 애정 넘치는 행동 같지만 그게 아니다. 내가 도망을 못 가게 붙잡는 것이다.

나는 그때부터 새벽에 침대에 눕기까지 네 시간 동안 유클리드 기하학과 비유클리드 기하학과, 리만의 기하학은 생각나지만 중간에 들었던 다른 기하학자 이름은 떠오르지 않고, 토폴로지라는 것도 들은 듯하지만 그게 뭔지 아직 모르겠고, 보로노이가 무슨 충돌을 어떻게 했는데 그게 얼마나 아름다운 알고리즘인지에 대해 별 희한한 강의를 다 들어야 했다.

그런 사람이니 아기를 낳은 후 이름을 짓기 위해 그가 들여다본 건 수학책과 물리학책 들이었다. 그 안에서 아기의 이름을 따오고 싶어 했던 것이다. 물론 쉽지 않았다. 딸 이름을 '괴델'이라 지을 수는 없으니 말이다. 그렇다고 광자, 미자, 양자처럼 일본 할머니 이름 같은 걸 줄 수도 없었다. 우리는 아기가 태어난 지 한참이 되어 가도록 이름을 지어 주지 못했다.

두 달이 넘어갈 때까지 출생신고를 하지 않으면 벌금을 내야 했다. 수학책과 물리학책을 덮고 그는 농담을 했다. 어지간히 머리가 아픈 모양이었다. 아기의 성은 '이'다.

"이메일이라고 할까 봐."

"웃기지 마."

"리얼 리는?"

"그만해."

"좋아. 그럼 포로 리."

"포로리가 뭔데?"

"포로리도 몰라? 〈보노보노〉에 나오는 그 귀여운 애를 모른단 말야?"


어느 날 그는 책장에서 먼지 먹은 책 한 권을 빼 왔다. 브라이언 그린이 쓴《우주의 구조》였다. 두꺼운 책을 몇 장 넘기더니 나에게 내밀었다. '제2장, 회전하는 물통과 우주'라는 소제목 아래 본문이 있었다.

"그 페이지 한번 읽어 봐."

"싫어."

나는 단호하게 도리질을 했다.

"읽어 봐. 이 책에 나오는 단어 하나 골라서 이름으로 붙여 줄 거야."

"무슨 이름을 그렇게 지어?"

"예를 들어서, 여기 소제목이 '회전하는 물통과 우주'잖아. 그러니까 이름을 회전이로 할지 물통이로 할지 우주로 할지 골라 보라고."

어처구니가 없어서 나는 소파에서 일어섰다. 뒤에서 그가 크지 않은 목소리로 말했다.

"우주, 예쁘지 않아?"

"싫어. 여자애 이름이 우주가 뭐야? 달달한 걸로 지어 줄 거야."

나중에야 알았지만 그는 이미 오랜 고민을 거친 후였다. 저 혼자 '우주'라 짓겠다고 다 마음을 먹고 있었던 거다. 주민센터는 집 앞이었고, 벌금을 안 내도 되는 마지막 날 오후 5시 40분까지 우리는 고민에 빠져 있었다. 우주라는 이름이 왜 마음에 들지 않는지, 나는 그것에 대한 열 가지도 넘는 이유를 가지고 있었지만 희한하게도 또 그 이름이 나를 붙잡았다. 그는 20분을 남겨 두고 주민센터로 뛰었다. 결국 아기는 우주가 되었다. 보들보들한 이름은 아니었지만 자꾸 불러 보니 단단하고 신비로운 느낌이 들어 꼭 마음에 들었다. 회전이나 물통이가 아니었으니 그나마 다행이기도 했고.

우주야, 하고 부르면 아기가 돌아본다. 조그만 눈과 코와 입술이 반짝인다. 우주야, 부르는 소리를 따라 반짝이는 그것들이 숱한 별처럼 느껴질 때가 많다. 씨앗처럼 반짝이는 아기의 배꼽과 발가락, 그리고 머리카락. 아무리 생각해도 우주라는 이름은 참 예쁘다.

# 첫사랑 때문에

아기가 백일을 맞았을 때 시댁 가족들이며 친정 가족들이 금
반지와 팔찌 등을 잔뜩 선물해 주었다. 앙증맞기 짝이 없는 그것
들을 보며 내가 까르르 즐거워하자 엄마가 한마디 했다.

"무슨 일이 있어도 애기 반지 같은 건 팔아먹지 마."

나는 펄쩍 뛰었다.

"이걸 왜 팔아?"

"그러니까. 팔 생각은 하지도 마."

사실 엄마는 팔 거 다 판 사람이었다. 지지리 가난한 구멍가겟
집 맏아들과 결혼한 엄마는 아빠의 월급봉투를 만져 보지도 못
했다. 경월소주와 라면, 식용유와 곰표 밀가루 같은 것들이 많지
도 않게 널려 있던 구멍가게 들창으로는 매일매일 사나운 바닷
바람이 들이쳤고 소금꽃 앉은 저고리를 입은 할머니는 아빠의
월급봉투를 야무지게도 가로챘다.

돈 한 번 벌어 본 적 없는 한량 시아버지와 시동생 둘, 시누이
까지 밥을 다 해 먹여야 했기 때문에 엄마는 우체국을 그만두었
다. 골이 났지만, 키도 작고 예쁘지도 않았던 엄마는 바닷가 마을
에서 제일 잘생긴 청년과 결혼을 한 대가려니 생각하며 묵묵히
시집살이를 시작했다.

큰 시동생은 엄마에게 자꾸 심통을 부렸고 시누이는 얄밉기
그지없었지만 겨우 중학교 1학년이던 막내 시동생이 그나마 귀

여운 짓을 많이 해서 엄마는 참을 수 있었다. 희한하게도 밥을 푸면 꼭 큰 시동생이 돌을 씹었다. 큰 시동생, 그러니까 나의 작은아버지는 나이가 든 후 우리 자매들을 앉혀 두고 걸핏하면 그때 이야기를 했다.

"니네 엄마 때문에 내 어금니가 두 번이나 깨졌어. 아주 작정하고 돌을 넣지 않고서야 어찌 그래?"

일부러 그런 건 아니었다지만 엄마는 그게 고소해서 밥상을 다 치운 후에도 부엌에서 혼자 웃었다.

결혼을 하고 시아버지의 첫 생일이었지만 엄마에게는 생일 선물을 준비할 돈이 한 푼도 없었다. 근처에 사는 사촌 형님네를 찾아가 돈을 꾸려 했지만 "결혼반지는 뒀다 삶아먹을라고?"라는 된소리에 결국 반지를 팔았다. 그리고 그 돈으로 시아버지의 스웨터를 샀다. 여고생 시누이가 까불까불 나섰다.

"아부지! 아부지는 이런 거 안 좋아하시잖아. 이거 가져가서 내 걸로 바꿔 오면 안 돼요, 아부지?"

한 성깔 하는 우리 엄마가 어떻게 그 꼴을 보고 아무 말 안 했는지는 여태 의문이다. 결국 여고생 시누이는 그 길로 스웨터를 들고 나가 제 겨울 코트로 바꿔 왔다.

지금은 일본에 사는 시누이, 즉 우리 고모는 종종 엄마에게 전화를 걸어 "언니! 내가 과자 좀 보냈어. 손주들 나눠 줘요" 하곤 하는데, "아이고, 미쳤나. 귀찮을 텐데 뭘 그런 걸 다 보내고 그래!" 해 놓고는 전화를 끊자마자 "드런 년, 내 결혼반지도 홀뜨락 해 먹은 주제에 꼬질랑 과자 몇 개 보내고 이래 생색이나" 그러면서 신경질을 냈다.

외할머니는 결혼반지조차 없는 엄마가 안쓰러워 당신의 금반지를 하나 물려주었다. 그건 막내 시동생이 해 먹었다. 대학 등록금 때문이었다. "맏메누리가 등록금도 안 해 주니 어떡하나. 등록금도 없는데 고마 이놈의 새끼, 머리 깎이가꼬 절이나 보낼란다" 하며 시어머니가 통곡을 하는 바람에 엄마는 반지도 내다팔고 일수 돈까지 빌렸다.

"야, 내가 막내 등록금 4년 내내 다 내주고, 지 색시 다이아 반지까지 해줘 가며 결혼도 시켰어. 그런데 니 결혼식 때 부조를 겨우 요따위로 해? 지가 양심이 있나, 없나?"

엄마는 내 결혼식 때 막내 작은아버지가 축의금으로 30만 원밖에 내지 않았다고 길길이 화를 냈다.

"니들 돌반지 같은 건 언제 팔아먹었는지 이젠 기억도 안 나."

엄마는 오랫동안 반지 없는 여자로 살았다. 이게 다 열일곱 살 엄마의 첫사랑 때문이었다. 열여덟 살 시인 지망생 아빠가 너무 잘생긴 남자여서 벌어진 일이었다.

# 엄마를 몰랐어

몇 년 전 드라마 〈디어 마이 프렌즈〉가 한창 방영되던 무렵이었다. 엄마는 아빠와 함께 유치원 앞에서 조카를 기다리는 중이라고 했다. 그래서 심심한 시간도 때울 겸 종알종알 전화를 했다.

나　　엄마, '디마프' 봐? 〈디어 마이 프렌즈〉. 노희경 드라마.

엄마　당연히 보지!

나　　난 안 보다가 지금 재방송 잠깐 봤는데 이거 진짜 재밌네?

엄마　너무너무 재밌지. 야, 그거 진짜 재밌어.

나　　그러네. 아줌마들 얘긴데.

엄마　다 우리 친구들 얘기 아이나.

나　　보는데 계속 눈물 나.

엄마　우리 얘긴데 니가 왜 눈물이 나나.

나　　그러게. 콜라텍 장면 보면서도 막 울었어.

엄마　아줌마들 콜라텍 우르르 몰려간 그거?

나　　응. 그거.

엄마　작가가 너무 잘 썼어. 그거 보면 기분이 참 그래.

나　　엄마도 콜라텍 가 봤어?

엄마　하이고야. 안 가 봤을까 봐.

나　　가 봤어?

| 엄마 | 가 봤지, 그럼. |
| --- | --- |
| 나 | 엄마가? |
| 엄마 | 하, 니가 나를 뭘로 보고 그러나. |
| 나 | 무슨 엄마가 콜라텍을 다 가? 춤도 춰? |
| 엄마 | 하이고. 우리는야 다 돈 주고 춤도 배운 사람들이야. |
| 나 | 옆에 아빠 없어? |
| 엄마 | 있든 말든 뭘 상관인데. 다 늙어 빠져 갖고. |
| 나 | 와, 진짜. 엄마가 콜라텍에서 춤을 췄다고? |
| 엄마 | 흥. 그런 거 한번 안 해 보고 살면, 그기 사는 기나. |
| 나 | 아빠도? |
| 엄마 | 그건 아이지. 회사 다니는 사람들이 언제 그런 델 가나. |
| 나 | 모르지, 뭐. 엄마도 갔다는데. |
| 엄마 | 그건 아이야. 느이 아빤 안 갔어. |
| 나 | 와, 진짜 엄마 깬다. 콜라텍이라니. |
| 엄마 | 옛날에 아줌마들이랑 춤 배우다가 느이 아빠랑 싸움하고 난리도 아니었어. 다 사는 게 그런 기야. |
| 나 | 웃겨, 진짜. |
| 엄마 | 그렇게 사니까 느이 아빠 다 늙어도 내가 꾹 참고 데리고 사는 기지. 스트레스 쌓이면 아줌마들이랑 콜라텍도 가고, 그래야 그 귀찮은 남자들도 데리고 살 수 있고 그 |

런 기야. 니도 살아 봐.

나      나는 춤도 못 추는데.

엄마    늙으면 춤추러 댕겨, 니도.

나      그럴까.

엄마    그래, 애기 다 키워 놓고 춤추러 가.

나      애기 다 크면 나도 다 늙는데.

엄마    콜라텍 가면 다 늙었어. 괜찮아.


엄마를 참 많이 안다고 생각했는데, 세상에 우리 엄마가 아줌마들이랑 콜라텍에 다닌 것도 몰랐다니. 드라마 속 콜라텍 장면에서 새초롬한 김혜자 아줌마가 싼 티 나는 콜라텍에 안 들어가려고 찡찡대는 걸 보면서, 우리 엄마도 저럴 텐데, 아줌마들이 콜라텍 가자 조르면 우리 엄마 온갖 짜증을 다 내고 훈계를 해 대며 기어이 혼자 집으로 발걸음을 돌릴 거라고 생각했는데, 이게 웬 오해람. 엄마, 미안. 내가 엄마를 너무 몰랐어.

# 칭따오에 가고 싶어

"그냥 가까운 데로 가서 사나흘만 있다 왔음 좋겠어."

내 말에 H 언니가 곰곰 생각하더니 "칭따오는?" 하고 물었다.

"내 며칠 후에 출장 간다. 혼자. 같이 갈래?"

그래, 칭따오.

그곳에 다녀온 지 벌써 5년이 지났다. 그때에도 무작정 떠난 길이었다. 친구 넷이서 비행기를 타고 훌훌 날아간 칭따오에서 우리는 사흘 동안 먹기만 했다.

"우리가 이렇게 먹어 치우는데도 칭따오의 식량이 바닥나지 않는 게 이상할 정도야."

아주 시답잖은 농담은 아닐 만큼 우리는 열심히 먹어 댔다. 양 꼬치를 한 사람당 열 개 넘게씩 먹고도 국수 그릇을 비웠고 조개 구이와 랍스터를 먹었다. 훠궈 집에 들러선 생전 처음 먹어 보는 오리 내장에 탄성을 지르기도 했다. 손에서는 칭따오 맥주가 떠나지 않았다.

지인을 통해 차를 한 대 빌리고 연변 출신 청년에게 가이드를 맡겼다. 그는 운전을 하면서도 차창 밖 풍경에 대해 쉼 없이 설명 했지만 우리는 아무도 그의 말을 듣지 못했다. 배가 너무 불러 차 안에 앉기만 하면 고개를 떨구고 잠이 들었기 때문이었다.

누군가 연변 청년에게 "그렇게 애쓰지 마세요. 우린 맛집에만 데려다주면 되지 다른 건 아무래도 상관없거든요", 그렇게 말해주었고 그제야 청년은 입을 다물었다. "자, 여기 내려서 사진도 좀 찍으시고 바람도 쐬셔야죠" 말해 보았자 우리는 끄응, 몸을 뒤척이며 "창문으로 다 봤어요. 그냥 가요" 그럴 뿐이었으니 청년 입장에서도 보람 없는 일이었을 테다.

우리는 한없이 게으르게 널브러졌다. H 언니는 뒷좌석에서 눈을 반쯤 감고 〈슬픈 영화는 싫어요(Sad Movies)〉를 몇 번이나 불렀다.

> 비 오는 날 설썰히 걱장에 갔었네
> 거이와 단둘이 가고 싶었는데

(이 대목에서 J가 물었다. "극장에 왜 거위랑 가?")

> 시간이 없다고 말을 하기에
> 나 혼자 설썰히 거곳에 갔었다네
> 어어어, 설핀 영화는 나를 울려요
> 어어어, 설핀 영화는 나를 울려요

우리는 호텔을 예약했지만 호텔에서 자지도 않았다. 칭따오의 찜질방은 너무나 훌륭해서 우리는 찜질방 바닥에서 대충 뒹굴다가 눈을 뜨면 칭따오 맥주를 마셨고 다시 잠들었다 깨서는 마사지를 받았다. 일정이 짧았으므로 '1일 2마사지'를 애초에 계획한 여행이었다.

"나 그냥 이렇게 살다 죽을래."

"나도. 이렇게 인생 탕진하면서 살고 싶어."

연변 청년이 밤에 데려다준 술집에서 먹태에 고량주를 마시며 우리는 어떻게든 한국에 돌아가지 않을 방법을 고심했다. 우리의 수다에 연변 청년도 끼어들었다.

"저는 한국 가고 싶어 죽겠는데. 홍대 한번 가 보는 게 소원이에요."

"오면 누나들한테 꼭 연락해! 누나들이 홍대 클럽에도 데리고 갈게!"

홍대 클럽은 가 보지도 못한 주제에 우리는 막 잘난 척을 했다. 청년의 소원은 한국에서 가수로 데뷔를 하는 것이라고 했다. 그러고 보니 한국의 아이돌 그룹 멤버 못지않게 잘생긴 얼굴이었다. 하지만 한국엘 가기 위한 비자를 받으려면 천만 원의 보증금이 필요했다. 그는 여태 한국에 오지 못했을 것이다.

연변 출신 아주머니들이 연 술집들로 거리가 빼곡한 동네였다. 집집마다 한글 간판이어서 여기가 청계산 앞 막걸리 골목인지 역삼역 뒷골목인지 구분도 가지 않았다. 연변 이모들은 인심도 좋아서 서비스 안주도 척척 내주었다.

그 기억이 하도 따사로워 나는 H 언니에게 칭따오 여정을 계속 물어 댔고 성질이 나만큼이나 급한 H 언니도 곧바로 내 몫의 비행기 표를 예약해 주었다. 그리고 중국행 비자를 위해 H 언니의 손에 내 여권과 사진 한 장, 그리고 명함을 쥐어 보냈다. H 언니는 여행사에서 전화를 걸어왔다.

"너, 중국 못 간다."
"왜요?"
화들짝 놀란 내게 H 언니가 버럭 짜증을 냈다.
"니 여권, 벌써 1년 전에 만료됐거든요!"

정말이지 나는 입을 짝 벌리고 말았다. 나만큼 역마살 단단히 낀 여자가 세상에 또 있을까, 하는 생각으로 살았는데 결혼을 하고 아기를 낳고 그 아기가 두 살 생일을 지내는 동안 나는 여권이 만료된 것도 모르고 있었구나. 그러니까 내 마지막 여행이, 신혼여행이었다고?

뭉개진 칭따오 여행 대신 H 언니와 나는 그날 밤 삼겹살에 소주를 마셨다.

"쓸쓸해. 허무하고. 내가 이렇게 살게 될 줄 몰랐어. 왜 이렇게 된 거지?"

그날 H 언니는 내 하소연을 들어 주느라 잠도 제대로 자지 못했다. 그러고는 잠든 아기를 내려다보았다.

"인마, 너 빨리 커. 엄마 놀러 다니게."

역마살을 겨우겨우 소주 몇 잔으로 눌러앉힌 초보 아기 엄마의 술주정이었다.

# 세탁기와 튀김젓가락

아빠의 직장을 따라 포항으로 처음 내려온 엄마는 단칸 달셋 방에서 살림을 시작했다지만, 그래서 지금도 이따금씩 이불 속에 다리 넣고 앉아 귤을 까먹거나 고구마를 베어 먹으며 그 시절 이야기를 자분자분 들려주기도 하지만, 내가 그 시절을 기억할 리는 없다. 내가 태어난 곳도 그 달셋방이겠지만 내 기억은 적어도 네 살 이후, 그러니까 엄마가 처음으로 내 집 마련을 한 사택 단지 E동 75호 단독주택 시절부터 시작된다.

벽돌담은 높았고 마당은 넓었다. 커다랗고 빨간 고무대야를 내어놓고 세 딸들이 참방참방 물놀이를 해도 거뜬한 마당이었다. 아빠가 박아 둔 장대를 타고 포도 넝쿨이 자랐고 대문 옆으로 수도가 달려 엄마는 나무 빨래판을 가랑이에 끼고 앉아 빨래를 박박 잘도 치대었다. 자꾸 쥐가 갉아먹어 밤이면 집 안에 들여놓아야 했던 하얗고 단단한 빨랫비누에서 풍기던 향까지도 선연하다.

"넓기는. 야, 고 집이 마당 빼고 딱 여덟 평짜리였어."

엄마의 말에 나는 화들짝 놀라고 말았다. 네 살 나에게 그리 드넓었던 집이 고작 여덟 평짜리였다니.(나는 여덟 평짜리 단독주택이 존재했다는 사실만으로도 놀라 자빠질 지경이었다.)

내가 여섯 살이 되었을 때 엄마는 집을 넓혀 이사를 했다. 이번엔 열두 평짜리 D동 122호. 아빠는 색깔별로 채송화도 심었고 딸기도 심었다. 사랑채를 덧지어 신혼부부에게 세도 놓았다. 나지막한 옥상도 있는 데다 수돗가 옆으로는 신혼부부가 배짱 좋게 들여놓은 칠면조도 두 마리나 있었다.(칠면조구이가 아니다, 진짜 살아 있는 칠면조였다!) 그래서 그 집에서는 엄마가 빨랫방망이를 두들기는 모습을 자주 쳐다보지 못했다. 시도 때도 없이 꽥꽥거리던 칠면조가 정말이지 징그러웠기 때문이다.

엄마는 밥을 먹다가도 텔레비전 앞에서 종종 한눈을 팔았다. 금성 백조세탁기였는지 삼성 은하세탁기였는지 이제는 나도 기억이 잘 안 나지만 아무튼 세탁기 광고가 나올 때면 엄마는 숟가락에서 청국장 국물이 흐르는지도 모르고 마냥 텔레비전만 쳐다보았다. 세탁기를 직접 본 적이 없어 나는 부러울 것도 없었다. 게다가 나는 빨래판에서 뭉게뭉게 피어오르는 흰 거품을 좋아하던 꼬마였다.

그러고 보니 내가 빨랫비누의 뭉근한 향을 남다르게 기억하는 건 엄마가 비싼 푸로틴샴푸 대신 빨랫비누로 내 머리를 감겨 줘서 그런 것인지도 모르겠다. 엉덩이를 위로 쳐들고 머리를 헹굴 때면 눈앞에서 반짝반짝 빛나던 동그란 스테인리스 세숫대야.

엄마가 끝내 세탁기를 산 건 세 번째 집, 드디어 방이 세 개나 되고 마루와 입식 부엌, 그리고 다용도실까지 있는 지금의 집으로 이사를 왔을 때였다. 엄마는 다용도실을 몹시 마음에 들어 했다. 바로 그곳에 엄마는 연푸른색 세탁기를 들여놓았다.

안타깝지만 역시나 그 세탁기가 금성 백조세탁기였는지 삼성 은하세탁기였는지는 기억나지 않는다. 어쨌거나 세탁조와 탈수조가 따로 붙은 세탁기였다.(엄마는 그 세탁기가 3.5kg 대용량이었다고 하지만 그것만큼은 믿기가 어렵다. '3.5kg'과 '대용량'이라는 말은 어처구니없을 정도로 어울리지 않기 때문이다.)

일요일이면 엄마는 아빠와 세 딸들의 옷가지를 모아 빨래를 돌렸다. 손끝 야무진 엄마는 세탁기를 오롯이 믿지는 못해서 소매 단이나 옷깃은 꼭 빨랫비누를 굴려 잘 문지른 뒤 집어넣었다. 하이타이를 한 줌 풀고 뚜르르륵 레버를 돌리면 세탁기는 참 요란스럽게도 돌아갔다. 멸치국수 끓여 〈전국노래자랑〉을 보던 점심 무렵이면 탈수기 소리가 귀를 때리곤 했다. 세탁기가 하도 덜덜거려 엄마는 다용도실 바닥의 새 타일이 망가질까 마음을 졸였다.

20년 장기 대출을 끼고 새 집을 산 엄마에게 세탁기는 어마어마하게 비싼 가전이었을 것이다. 대리점에서 돈을 치르며 아빠는 또 얼마나 우쭐했을까. 돌이켜 보니 아빠의 나이가 그때 겨우 서른일곱이다. 서른여섯 살 엄마 앞에서 말갛고 매끈한 얼굴로 웃어 보였을 젊은 아빠는 빨래를 널고 개는 일쯤이야 군말 없이 해치우던 다정한 남자였다.

　나도 이번에 이사를 했다. 아기 때문에 빨랫감이 늘다 보니 드럼세탁기 대신 시원시원하게 빨아 줄 통돌이 세탁기가 갖고 싶었고 그래서 15kg 용량으로 새로 샀다.(아무래도 3.5kg 대용량이었다는 엄마의 기억은 잘못된 듯하다.) 그런데 생각지도 못했던 문제가 생겼다. 유달리 키가 작은 내가 탈수까지 끝낸 빨랫감을 꺼내려면 그야말로 머리부터 허리까지 온통 세탁기 안에 거꾸로 처박아야 했던 것이다. 팔을 아무리 뻗어도 마지막 남은 양말짝과 속옷을 집어낼 도리가 없었다.

　엄마 생각이 났다. 나보다 키가 더 작은 엄마는 지금껏 통돌이 세탁기를 써 오면서 한 번도 불만을 터뜨린 적이 없었던 것이다. 그렇다면 엄마에게는 내가 모르는 어떤 비법이 있는 것이 틀림없었다. 나는 전화를 걸었고, 엄마의 대답은 몹시 간단했다.

　"아, 그거? 튀김젓가락 안 있나. 그걸로 끄내면 돼. 튀김젓가락 하나 갖다 주까?"

　그제야 떠올랐다. 엄마의 다용도실에는 늘 튀김젓가락 한 벌이 얌전히 놓여 있었다. 세탁기 옆 튀김젓가락 한 벌은 누가 보아도 이상할 테지만 적어도 나에게는 하나도 그럴 것이 없는, 평온하고 정갈한 일상의 풍경이었다. 나는 한 번도 엄마에게 "튀김젓가락이 여기 왜 있어?"라고 물어본 적이 없었다. 나는 키 작은 엄마가 기다란 튀김젓가락으로 양말이며 속옷을 집어내는 모습이 떠올라 풀풀 웃었다.

그렇다고는 해도 내 세탁실에 튀김젓가락을 두는 일이 영 내키지 않아 나는 디딤판을 하나 샀다. 하지만 그걸로도 빨래를 다 꺼낼 수 없었다. 한 번씩 기를 쓰고 빨랫감을 꺼내다 보면 피가 머리통으로 다 몰리는 것 같고 그래서 혼자 신경질을 냈다. 결국 튀김젓가락 한 벌을 세탁기 옆 수납장에 가만히 올려놓았다. 되도록 아무에게도 들키지 않기를 바라면서 말이다. 나중에 내 아기가 자라 "엄마, 왜 튀김젓가락이 여기 있어?" 묻는다면 시치미를 떼야지. "글쎄, 그게 왜 거기 있지?"라면서.

# 우리 아기 천재설

거의 매일 엄마와 전화 통화를 한다. 대부분은 아기에 대한 이야기다. 그리고 대부분 마지막에 내가 욕을 먹는다.

"그래, 니 새끼 천재다!"

이런 욕 말이다.

내 아기가 천재인 건 왜 나만 아는가. 왜 내 아기는 내 앞에서만 천재 짓을 해서 나를 뻥쟁이로 만드는가. 세상 모든 엄마들의 고민이겠지만.

나는 하루에도 백 번 넘게 아기가 천재가 아닐까 생각한다. 그건 신비로움에 기반한다. 그래, 그건 신비로움인데, 아기를 볼 때마다 나는 거대한 충격에 휩싸일 때가 많다.

예를 들자면,

아기는 악어를 좋아한다. 낱말 카드에 그려진 악어를 보았을 뿐인데, 영 다르게 그려진 악어 캐릭터만 보아도 방방 뛰었다. 악어, 악어, 소리치면서 말이다. 나는 그게 몹시도 신기했다. 동그란 시계 그림을 보여 줬을 뿐인데 네모난 시계도 알아보았다. 저혼자 소꿉놀이를 하다가 장난감 오븐을 열며 화들짝 놀라 귀를 만진다. "아뜨거!" 외치면서 말이다. 젖은 옷을 빨랫줄에 거는 걸본 아기는 제 옷장을 열고 말한다.

"엄마, 이 빨래 입어."

옷걸이에 걸린 건 옷이 아니라 빨래고, 그러니까 오늘 자기는 이 빨래를 입겠다는 소리다.

어떻게 사슴벌레를 알까. 어떻게 달을 알고 까치를 알까. 1과 하나가 같고 2와 둘이 같다는 걸 어떻게 이해했을까. 건전지가 없으면 장난감이 움직이지 않는다는 걸 어떻게 알았을까. 아빠의 휴대전화가 켜지지 않으면 충전기가 필요하단 것을 어떻게 이해했을까. 아기 주스 세 팩을 사 놓은 걸 어떻게 기억해서 이제 주스가 더 없다는 엄마의 거짓말을 알아챘을까.

방에 가서 기저귀를 가져오라는 내 심부름에 아기가 대답했다. "엄마가 가꼬 와!" 다시 시키자 "우주 가꼬 올까?" 그러고는 뛰어갔다. "우주 가꼬 올게!" 가져와선 말했다. "우주 가꼬 와따!" 아기가 쓰는 다양한 어미들에 나는 매일 감탄한다. 이 아기는 한국말의 복잡한 어휘들을 어떻게 익히는 걸까.

깍두기공책을 꼭 사 주고 싶었다. 연필도 두 자루 사고 연필깎이도 사고 지우개와 필통도 샀지만 깍두기공책은 마트에 없었다. 별수 없이 줄공책을 사서 펼쳐 줬다. 잠깐 한눈을 팔고 왔는데, 줄공책 맨 앞장에 아기가 뭔가를 쓰고 있었다. 맨 앞장은 시간표가 그려져 있었는데, 젤 앞 칸에 숫자가 쓰여 있었더니 그걸 따라 쓰고 있었다. 물론 1과 2가 다였지만 그 조그만 손으로 연필을 꼭 쥐고 1과 2를 따라 쓰는 걸 보고 나는 또 당장 엄마에게 전화를 걸었다.

"엄마, 진짜야. 애 천잰가 봐."

나는 그 공책 글씨를 사진으로 찍어 친구들에게 백번 자랑했다. 아이가 중학생이거나 대학생이거나 혹은 아이를 키우지 않는 친구들은 한숨을 쉬었다.

아기는 클레이를 가지고 노는 것을 어마어마하게 좋아한다. 쪼물딱쪼물딱 덩어리를 만들어 접시에 담은 후 내게 내민다.

"엄마, 고기야. 이건 케이크야. 엄마 먹어."

그러면 대충 먹는 척을 해 주는데, 어느 날 입에 확 집어넣는 시늉을 하면서 클레이를 감췄더니 잠시 멍한 얼굴로 나를 쳐다보던 아기가 아주 조심스러운 목소리로 내게 말했다.

"엄마…… '퉤' 해. 그거 먹는 거 아니야. 지지야."

그러니까 그건 지지라는 걸 아는 거다. 어떻게 알지? 아니, 이 꼬맹이가 그걸 어떻게 알지? 아기들은 그런 걸 다 어디서 배우는 거지?

그래, 내가 약간 정신이 나간 거다. 아기를 안 키우는 친구들, 아가를 이미 다 키운 친구들은 "쟤 왜 저래?" 나한테 그럴 거다. 그래, 나는 요즘 설레발 요괴다. 인정.

같은 또래지만 저 집 아기보다 내 아기가 더 빨라, 그런 것에 놀라는 것이 아니다. 알아 가는 것이 놀라운 거다. 내가 "어흥!" 해 주면 그게 무서운 거라는 생각을 하는 게 놀랍다. 비슷한데, "야옹!" 하면 까르르 좋아한다. 어흥, 과 야옹, 의 느낌이 아기에게 왜 다르게 느껴질까.

왜 펭귄과 토끼는 예뻐하고 치타와 고릴라는 무서워할까. 그림으론 다 귀여운데, 아기는 어떻게 그것들을 구별하는 걸까.

매운 김치를 먹어 본 적도 없으면서 고춧가루 빨간 김치 한 점 내밀면 왜 기겁을 하면서 달아나는 걸까. 도대체, 도대체 이 아기는 어떤 방식으로 세상을 알아 가고 있는 걸까.

어느 날 아기는 화이트보드에 숫자 1을 썼다. 그것만도 기특해서 온갖 호들갑을 다 떨고 있는데 아기가 숫자 1 옆에 1을 다시 한 번 썼다. 그리고 외쳤다.

"엄마, 이건 십일."

나는 그야말로 기절 직전이 되고 말았다. 엄마에게 또 전화를 걸어 자랑질을 하다 물론 욕은 한참 먹었지만.

# 엄마의 전화

지금 막 택배 보냈다. 내일 도착하믄 바로 냉장고에 다 넣어야 돼. 갈비찜은 아이고야, 맛이 없어. 잘할라꼬 하믄 더 맛이 없어. 꽈리고추를 된장에 무쳤는데 어떤 건 맵고 어떤 건 안 맵고 그래. 다른 건 하나도 안 넣었어. 반찬을 할라꼬 하믄 할 게 없어. 그래서 이번엔 하나도 안 했어. 젓갈만 좀 넣고. 다른 건 안 했다니까. 그리고 송이 넣었다. 그기 자연산이야. 비싼 거니까 절대 볶아 먹지 말고 후라이팬에다 살짝 꾸워. 빡빡 씻으면 안 된다. 절대 빡빡 씻지 마. 그래가꼬 참기름에 살짝 찍어 먹으면 돼. 우리는 우리가 다 알아서 먹고 산다. 니나 먹어. 몸보신한다 생각하고 다 먹어. 그래 봐야 1키로야. 가시나야, 그기 돈이 얼마짜린지 알기나 하나. 꼭꼭 씹어서 다 먹어. 나이 들어가꼬 빌빌대믄 누가 좋아하나.

배즙 좀 넣었어. 우리 친구가 그런 거, 즙 만들고 하는 가게를 하잖나. 저번에 양파즙 준 거도 안 먹었지? 내 그럴 줄 알았다. 제발 먹으랄 때 좀 먹어라. 다른 건 안 넣었어. 귤 좀 넣고, 메루치 좀 볶고. 으응, 그거밖에 안 했어. 나도 늙으니까 인제 다 귀찮아. 해 봐야 맛도 없고. 곰국은 넣었지. 대파 썰어서 넣었으니까 뎁히 가꼬 파 한 주먹 넣어. 그냥 한 그릇씩 후루룩 마셔. 아침을 왜 안 먹나, 아침을. 그래가꼬 사람이 사나. 다른 건 진짜 안 넣었어. 그 기 다야.

아, 맞다. 내가 비닐에다 뭘 좀 넣어 놨어. 보믄 알아. 빨간 천에
다 꽁꽁 말아 놨으니까 조심조심 꺼내가꼬 지갑 속에 넣어 놔. 뭐
긴 뭐야. 니가 올해 삼재가 꼈대. 잔소리 말고 고마 지갑에다 잘
넣어 놔. 다 잘되라고 하는 기야. 시끄러, 고마.

# 비린내

속이 좋지 않을 때면 나는 냉동실 속 멸치 봉지를 꺼내곤 한
다. 멸치가 담긴 지퍼백을 열기만 해도 비린내가 훅 풍겨 온다.
그러면 속이 좀 나아진다. 두어 마리 씹기라도 하면 더 말할 것도
없고. 속이 안 좋을 때마다 멸치 봉지를 꺼내는 나를 보고 친구들
은 벙찐 얼굴을 했다.

"그건 뭐 하는 짓이야?"

나도 놀랐다.

"그럼 넌 속이 울렁거릴 때 멸치 냄새를 안 맡아?"

나는 모두가 그런 줄로만 알았다. 할머니는 늘 안방에 앉아 TV
를 켜 놓고 오징어를 찢었다. 우리가 밑반찬으로 자주 먹는 하얀
오징어채 말이다. 동네 할머니들은 오순도순 모여 앉아 흰 살이
두툼한 오징어를 찢었다. 그래서 할머니네 집에 들어서면 늘 비
릿한 바닷내였다.

엄마는 새벽 시장에서 사 온 생선들을 다듬어 옥상에다 한 마
리 한 마리 널었다. 우리 집 옥상은 덕장 같았다. 길고양이들의
습격이 흔했으므로 채반에다 널 수는 없었고 빨랫줄에 대롱대롱
매달았다. 고양이들은 아무리 점프를 해도 생선에 발이 닿지 않
아 서글프게 야옹야옹 울었다. 노랗게 말린 가자미며 열기, 대구
를 커다란 솥에 넣고 찐 다음 엄마는 일일이 손으로 생선살을 발

라 주었다. 잘 마른 생선들에선 윤기가 반질반질 흘렀다. 엄마 집에 들를 때면 골목부터 그렇게 비린내가 풍겼다.

그러니까 울렁거리는 내 속을 잠재우는 멸치 비린내는 내 태생의 비밀 같았던 거다. 나처럼 비린 것들만 받아먹고 자란 사람들만이 가질 수 있는 묘약 같은 것 말이다.

냉장고에는 엄마가 보내 준 가자미조림이 있다. 좋아, 오늘 아침은 가자미조림에 흰 밥이다. 고양이가 팔짝팔짝 뛰어도 한입 깨물지 못했던 그 가자미.

# 혼자 자는 아기

아기가 태어나기 전 아기 침대를 사는 문제에 대해 골머리를 앓았다. 아기 침대를 두고, 예쁜 이불을 사고, 직접 바느질해서 만든 모빌도 달아 주고 싶은데 아기 엄마들이 다들 말렸기 때문이다.

어차피 아기는 침대를 싫어해 꺅꺅 울어 델 것이며, 그러니 품에 끼고 자게 될 것이다. 침대가 좁아서 셋이 함께 잘 수는 없다고 미리 걱정을 할 필요는 없다. 출근을 해야 하는 남편은 아기 울음소리 때문에 거실에 나가서 자게 될 것이며 그렇게 비자발적인 잠자리 별거가 시작되는 것이라 모두들 나에게 경고했다. 예쁜 것 빼고 아기 침대의 효용성은 하나도 없다는 말이었다.

고민 끝에 아기 침대를 대여했다. 놀랍게도 아기는 침대를 싫어하지 않았고 밤에 잘 깨지도 않았다.

"아, 약 올라. 언니도 고생 좀 해야 하는데. 나는 우리 아가들 맨날 잠도 안 자고 젖 달라 울어 대서 얼마나 힘들었는데. 언닌 뭘 이렇게 날로 먹어?"

여동생은 종종 전화로 툴툴거렸다. 아기는 분유만 넉넉하게 주면 잘도 잤다. 보행기를 사 주었더니 하도 밀고 다녀 발바닥에 굳은살이 생길 정도였다. 조그만 발바닥의 굳은살이 귀여워 나는 몇 번이나 들여다보았다.

만 5개월이 되던 날, 전화가 걸려왔다. 아기 침대 대여 업체였다. 나는 대여 계약 연장을 까먹었고 그래서 침대를 회수하러 온다는 거였다. 이미 다른 집에서 예약을 했기 때문에 이제 와 연장은 불가능하다고 했다. 나는 당장 아기를 재울 곳이 없어 발을 동동 굴렀다. 급하게 폭신한 범퍼 침대를 주문했다. 범퍼 침대는 너무 커서 침실에 들어가지 않았다.

남편은 아무렇지도 않게 말했다.

"이제 따로 재워. 그럴 때도 됐잖아."

5개월 된 아기를 딴 방에서 재우잔 말에 나는 질겁을 했다.

"말도 안 돼. 밤에 울면 어떡해."

"안 울잖아."

"그래도 안 돼."

몇 번 실랑이를 하다가 시험 삼아 하루만 따로 재워 보기로 했다. 내 서재방에 범퍼 침대를 넣어 놓고 토닥토닥 재웠다. 불안한 마음에 서재방 문을 살짝 열어 놓은 뒤 나는 거실에서 쪽잠을 잤다. 우는 소리라도 들리면 바로 뛰어 들어갈 생각이었다.

하지만 아무 일도 없었다. 다음 날도, 그다음 날도 아기는 잘만 잤다. 서재방 문을 조금씩 열어 두는 일도 그만두었다.

아침이 되어도 아기가 일어나는 기척이 없어 살며시 방문을 열어 보면 침대를 구르며 아기는 혼자 놀고 있었다. 애벌레 인형도 줄줄 빨고 모빌도 건드리고 범퍼 침대 난간 너머로 손을 뻗어 책장 속 책을 빼내기도 했다. 나를 보면 까르르 웃었다.

밤에도 다르지 않아 덜 잠든 아기에게 나는 잘 자, 인사하고 그냥 방을 나왔다. 물론 깊은 밤, 아기가 보고 싶어 내가 살그머니 서재방으로 간 날은 많았다. 범퍼 침대 안으로 꾸역꾸역 파고 들어 함께 자기도 했다. 갓 구운 빵 같은 아기 살. 그리고 냄새.

혼자 자는 아기 덕분에 나는 시간을 벌 수 있었다. 서재방은 아기에게 빼앗겼지만 노트북을 들고 나와 식탁에서 작업을 할 수 있었다. 몇 년을 묵힌 장편소설을 끝끝내 탈고했고 숱한 칼럼을 썼다. 엄마는 시간 날 때마다 나에게 욕을 퍼부었다.

"애 품에 끼고 잘 날이 앞으로 얼마나 된다고. 애들 금방 커서 니 품 빠져나가. 그러기 전에 실컷 안아 줘야지. 어떻게 그 조그만 애기를 인정머리 없게 혼자 재우나. 니가 제정신이냐!"

실은 나도 끊임없이 고민하는 부분이었다. 나도 엄마가 처음이라 무엇이 맞는지 확신할 수 없었고 우리 아기도 아기가 처음이라 무엇이 더 좋은지 알 수 없을 것이었다. 깊은 밤, 자꾸 내가 아기 침대로 기어드는 통에 아기는 종종 잠을 깼고 그러면 두어 시간씩 우리는 같이 놀았다. 아침에 일어나면 내가 아기 이불을 몸에 돌돌 말고 있었고 아기는 내 발 밑에 처박혀 있기 일쑤였다.

지금 네 살배기 우주는 나와 같이 잔다. 내 목 밑으로 팔을 쑥 집어넣고 나머지 한 팔로 내 머리를 안아 주곤 한다. 촉촉하고 따뜻한 아기 팔에 눈물이 날 때가 많다. 물론 나는 아직 아기를 어떻게 재우는 게 좋은 것인 줄 모른다. 하지만 이제 모르는 것이 미안하지 않다. 내가 모르는 게 어디 그것뿐일까. 서툰 엄마, 어디 하루 이틀 일일까.

소설가로 산다는 건 친구가 많아지는 일,
그리고 애인이 많아지는 일이다.
내가 만든 친구와 애인들이 지난밤에도 내 잠을 깨웠다.
우리 이야기, 하다 말 거야? 언제쯤 끝맺음을 해 줄 거야?
아직 덜 만든 그들은 성가시게도 군다.
그래도 부비부비, 눈 비비며 일어나는 밤.
그들을 마저 만드는 시간.

**#PART 3**

물론,
오늘도 종종걸음

# 자전거를 타고, 랄랄라

6개월 일하고 6개월 쉬는 그런 회사 시스템이 있었으면 좋겠다고 나는 내내 종알거렸지만 턱도 없는 소리지.

등단을 하고 첫 원고료가 입금되던 날, 나는 통장을 새로 개설했다. 다른 것 말고 오로지 글로 번 돈만 입금을 하겠다고 만든 거였다. 대단한 통장이 될 거라고는 기대하지 않았지만 또 그렇게까지 빈곤한 통장이 되리라고도 미처 생각하지 못했다. 나는 어느 문예지 신인상으로 데뷔를 했고 그곳에서는 신인상 상금 대신 '기성작가에 준하는 대우'로 원고료를 책정해 주었다. 그래서 세금을 제하고 들어온 첫 입금액은 38만 원이 채 되지 않았다.

작가가 된 이후 처음 받은 청탁은 어느 사보에 실릴 에세이였고 제대로 기억나지는 않지만 원고료는 15만 원 내외였을 것이다. 소설 청탁은 6개월이 지난 후에야 왔으니 그 계좌 번호는 불러 줄 일이 거의 없어 이내 잊었다. 끝내 휴면계좌. 애초에 따로 만들 필요가 없는 거였다.

6개월 일하고 6개월 쉬는 일은 농담으로 젖혀 두고, '그래도 나는 한다면 하는 성격, 씩씩하고 되바라졌으니까 어떻게든 살수 있을 거야', 생각하며 1년 일하고 1년은 쉴 테다, 마음을 먹었다. 덜 벌고 덜 쓰면 되잖아. 물론 그렇게도 안 되었다. 세상이 그리 호락호락할 리가.

"다음 달까지만 일할 거야. 정말이야."

매일 그렇게 말했지만 정말 그만두게 되기까지는 4년이 걸렸다. 사무실의 짐들을 정리하면서 나는 독일행 비행기 티켓을 끊었다. 그리고 베를린의 조용한 동네, 아이슬레베네 슈트라세에 아파트를 구했다. 유학생 부부가 쓰던 집이었다.

그들은 침실 하나에 자신의 짐들을 몰아넣고 나머지 공간을 모두 쓰라고 했다. 내가 쓸 수 있는 공간은 침실 하나와 피아노와 테이블이 있는 거실, 그리고 복도와 주방이었다. 지은 지 140년이 된 오래된 아파트의 4층. 무거운 쇳덩이 열쇠는 꽂을 때마다 말썽이었다. 손에 든 짐을 모두 내려놓고 대여섯 번쯤 온 힘을 다해 돌려야만 겨우 육중한 현관문을 열 수 있었다. 엘리베이터는 기잉기잉, 느린 소처럼 움직였기 때문에 손때가 반질반질한 난간을 잡고 계단을 오르내리는 편이 훨씬 빨랐다.

나는 그 아파트가 아주 마음에 들었다. 유학생 부부가 돌아올 때까지 두 달 반은 온전히 혼자 지낼 수 있었다. 하루 종일 아무 말도 하지 않고 지낼 수 있는 시간이었다.

백열전구 한 개 달랑 붙은 좁은 욕실에서 샤워를 하고 나면 머리카락 한 올 남지 않도록 정리를 했다. 약속한 두 달 반 이전에 유학생 부부가 돌아올 리도 없는데, 남의집살이라는 게 다 그런 법이어서 젖은 수건은 그때그때 빨래통에 넣어 두었고 욕실 바닦도 물기 없이 닦아 놓았다. 크루아상은 반으로 갈라 치즈 한 장, 햄 한 장을 찔러 넣고 전자레인지에 딱 30초만 돌렸다. 그렇게 아침을 먹고 가방을 챙겼다. 책 한 권과 지갑, 노트 한 권과 필통, 그리고 노트북과 헤드셋. 챙 넓은 모자를 쓰고 슬리퍼를 끌고서.

멀리도 갈 것 없이 아파트를 나와 한 블록을 지나면 카페 R23이 있었다. 카페의 이름도 감흥 없고 차가운 커피는 지나치게 달아서 머리가 깨질 것 같고 와이파이도 터지지 않고 나무 의자는 불편하기 짝이 없었지만 매일 그곳엘 갔다. 그냥 익숙해졌기 때문이었다. 어쩌면 노트북을 열고 글을 쓰고 있는 내 등 뒤로 슬쩍 다가와 "어느 나라 글자니? 아랍 글자만큼이나 예쁘구나" 말했던 터키시 주인장 아저씨가 좋아서였는지도 모르겠다.

R23에서는 매일 네 시간씩 보냈다. 나는 커피를 석 잔쯤 마시며 다섯 청년들의 이야기를 소설로 썼고 네 시간이 지나면 노트북의 배터리가 떨어졌다. 가끔은 R23에서 밥을 먹은 적도 있지만 어떤 메뉴를 골라도 접시의 절반 이상은 감자와 소시지였다. 독일이었으니까. 나는 감자는 몹시 싫어하고 소시지는 약간 싫어하는 사람이라 그다지 맛있게 먹은 기억은 없다.

가방을 챙겨 들고서는 조금 걸었다. 머지않은 곳에 빌헬름 성당이 있었다. 2차 대전 때 폭격으로 부서진 교회 지붕을 그대로 놓아둔 풍경. 그리고 그 옆, 반짝이는 새 성당. 나는 지붕이 부서진 성당을 볼 때마다 혹시 내가 어딘가에 무엇을 두고, 통 잊어버리린 것은 아닐까 오래 생각했다. 되새긴 적도 없이 잊혔을 어느 생애들. 그러면 공연히 미안해지고 쓸쓸해졌다.

곧 고개를 돌려 서점으로 들어갔다. 필요도 없는 노트를 사거나 연필을 골랐다. 서점 안 카페테리아에서 책을 읽는 어느 남자는 개 밥그릇까지 챙겨 왔다. 커다란 개는 물을 핥다가 남자의 긴 다리 옆에서 잠이 들었다.

옆집의 두 남자는 분명 동성애자들이었을 것이다. 가끔 엘리베이터를 함께 올라타면 두 사람 다 하도 키가 커, 유달리 키가 작은 나는 무언가 모자란 여자애처럼 그들에게 보이지 않을까 걱정을 한 적도 있었다. 느린 엘리베이터 안에서 두 사람은 종종 얼굴을 부볐다. 까슬한 수염 때문에 보드랍진 않을 텐데, 그런 생각을 하며 나는 혼자 헤실바실 웃었다.

알아듣지 못하는 TV를 켜 두는 것은 독서에 전혀 방해가 되지 않는다. 나는 TV 앞에 끌어다 놓은 1인용 나무 의자에 앉아 한국에서 가져온 책을 읽었다. 두껍고 지루한 책들로만 골라 와도 먼 데서는 금방 읽을거리가 동나기 마련이다.

아껴 아껴 읽다가 테이블로 가 쓰다 만 소설을 더 쓰든가, 그도 아니면 동네의 펍엘 내려갔다. 동네 할아버지들이 포켓 풀에서 당구를 치거나 슬롯머신을 하는 조그만 펍이었다. 맥주 한잔을 마시면서 내가 오늘 몇 마디를 했나, 생각했다. 커피 줄래? 한 잔 더. 얼마니? 고마워. 그 정도였다.

독일의 오래된 아파트들은 천장이 높아 여름이어도 바람이 잘 들었다. 새벽 3시면 어김없이 자디잔 빗물이 날렸고 동쪽으로 난 침실 창으로 해가 너무 부셔 5시면 눈이 떠졌다. 매일매일이 같았지만 지루한 줄 몰랐다. 그곳에서 소설의 절반을 썼다. 그럴 땐 아무도 그립지 않았다. 옛 애인도, 사람들 사이에 섞여 소란스러울 때나 그리울 뿐이다.

독일에서 지낸 시간이 나를 딱히 변하게 한 건 없었다. 애초 무얼 변하게 하고자 간 길도 아니었다. 매일 글을 쓰고, 매일 썼다 지우고, 매일 걷고, 다 지겨워지면 일없이 누워 버렸다. 그러면 소곤소곤, 소설 속 주인공들이 말을 걸어왔다. 나 이제 어떻게 해? 사랑을 계속해, 말아? 이렇게 그냥, 헤어지라고? 다섯 명의 주인공들은 내 얼굴만 말가니 바라보았다.

너희끼리 좀 알아서 하라고. 나는 그냥 너희가 하는 대로 써 줄 테니까. 나는 그렇게 투덜대고 싶었지만 자리에서 벌떡 일어났다가 엎드렸다가 이불을 말고 웅크렸다가, 그렇게 고심했다. 이 아이들을 어쩌나, 하는 심정으로 어쩔 줄 몰랐다. 덜 쓰인 주인공들은 내내 안쓰럽기만 했다.

그 소설, 터무니없이 발랄한 제목을 붙였던 그 소설은 독일에서 돌아온 후 일일 연재를 했다. 원고지 1,100매였다. 그러니 끝냈다는 얘기다. 하지만 아직 출간 전이다. 조금만 고쳐서 드릴게요, 그다음에 출간할게요, 하다가 시간이 한참 지나 버렸다. 할 얘기를 덜 하고 하지 말아야 할 얘기를 더 한 것 같아서였다. 가끔 다섯 주인공들이 귀엣말을 한다. 너, 우리를 잊었니. 그러면 나는 서둘러 변명을 하지. 그럴 리가. 잊지 않았어.

그래. 잊을 리가. 베를린의 오래된 아파트가 있던 골목도 R23의 터키시 주인장 아저씨도 그 다디단 커피도 잊지 않았는데. 게다가 계약금도 당겨썼는데. 곧 다시 만나야지, 다섯 주인공들.

# 유년을 뒤적이다

밤늦게 아빠에게 전화를 걸어도 여간해서는 싫은 기색이 없다. 시인 지망생이었던 아빠는 소설가 딸이 아무 때나 전화를 걸어 "아빠, 옛날에 할머니가 하던 구멍가게 있잖아. 거기 막걸리는 한 병에 얼마였어?" 그런 시답잖은 질문을 던져도 언제나 다정하게 받아 주는 사람이다. 그 질문이 마치 아빠의 젊은 날을 툭 건드려 도리어 즐거워지기라도 했다는 듯 곰곰 대답을 찾아 주곤 했다. 밤 12시가 넘은 시간에 그런 대화를 나눈다는 건 좀 우습지만 나는 소설을 쓰다 말고 아빠의 기억을 빌려야 할 때가 자주 있었다.

"그럼 그때도 곰표 밀가루였나? 70년대 후반에 말야."

아빠는 아마도 눈가에 묻은 잠을 억지로 털어 내며 일어나 앉았을 것이다. 연한 하늘색이거나 회색빛 파자마 자락이 이불 속에서 하느작거렸을 것이다. 엄마는 때아닌 소음에 끄응, 몸을 돌렸을 것이고.

할머니는 아주아주 조그만 바닷가 마을에서 구멍가게를 했다. 나는 내 머리통만 한 들창이 난 가겟방 안에서 가끔 잠이 들었는데, 할머니는 어린 손녀가 멀리서 왔다고 어찌나 불을 세게 땠는지 발개진 등짝이 가려워 몇 번이나 칭얼거렸다.

할머니네 구멍가게에서 가장 탐이 났던 건 뭐니 뭐니 해도 조

그만 유리병에 든 베지밀이었다. 손녀가 아무리 이쁜들 할머니
도 베지밀을 쥐어 주진 않았다. 베지밀 대신 먹으라며 할머니가
부쳐 오는 감자전 같은 건 정말이지 지겨웠다. 결국 사촌 오빠는
베지밀 두 병을 훔쳐 냅다 달아났고 할머니는 "이눔의 새끼들,
들어오기만 해 봐라!" 소리치며 부지깽이를 흔들었다. 그러면 나
는 신발을 겨우 꿰신고 오빠가 달아난 방파제로 따라 뛰었다.

  저물녘의 바다는 낮보다 더 푸르고 더 검고 더 두려웠다. 사촌
오빠를 따라 뛴 방파제 끝에서 나는 그만 걸음을 멈추었다. 너무
멀리 나왔고 하늘은 순식간에 어두워졌으며 파도가 진동했다.
흰 물거품이 얼굴과 어깨를 때렸다. 바람이 셌지만 그렇다고 몸
이 날아갈 지경은 아니었는데 어쩌면 그렇게 공포에 질렸을까,
나는.

  내 소설에 바다가 나오는 일은 그리 많지 않다. 하지만 나는
소설을 쓸 때면 늘 그 저녁의 방파제를 떠올렸다. 한입에 나를 먹
어 버릴 듯 크게 솟구치던 파도 말이다. 학교도 들어가기 전, 기
껏해야 여섯 살, 일곱 살이었을 나를 꽁꽁 얼어붙게 만들었던 공
포는 오롯이 내 소설 속 주인공들에게 옮아갔다. 거대한 물 앞에
선 사람들의 막막함과 더불어 분명 짜릿하고 시원했던 흰 물거
품, 그리고 어둠 속에서 반짝이던 물빛의 아름다움, 그것들은 이
후로도 오랫동안 나를 매료시켰다. 종종 내가 동해의 푸른 바다

를 찾는 이유이기도 하다.

　내 소설 속 주인공들은 바다의 공포와 아름다움을 동시에 알고, 구멍가게 진열대에서 먼지를 꾸덕꾸덕 먹고 있는 국수 다발을 알고, 들창으로 스미는 달빛을 알고, 외팔이 아저씨가 갈고리로 끌어 주는 나룻배를 타 본 적이 있고, 제사상에 올릴 말린 가자미를 냉큼 물고 가는 검은 고양이를 알고 있어야 했다. 소설 속 어느 문장에도 그런 것은 드러나지 않는다 해도, 그냥 내 주인공은 그런 이들이어야 했다. 그래야 나는 한 문장 한 문장 이야기를 만들어 낼 수 있었다.


　"괜찮아. 가물가물했던 것들이 또 생각나잖아. 그러면 좋지. 기쁘고."

　귀찮게 해서 미안하다는 내 말에 아빠는 그렇게 대답했다. 그러면 나는 또 신이 나서 묻는다.

　"아빠, 왜 야트막한 바다를 돌면서 물고기들을 잡는 배들이 있었잖아. 그게 이름이 뭐였지?"

　아빠는 나보다 더 신이 난다.

　"뎅구리!"

　하지만 편집자는 고개를 설레설레 저었다. 뎅구리는 표준어가 아니란다. 편집자가 내민 표준어는 뎅구리 기분이 나지 않아서 나는 아예 그 단어를 뺐다. 하얗고 야들야들한 아나고 회 이야기를 썼을 때에도 편집자가 빨간 줄을 그었다. 아나고가 아니라 붕장어라고 했다. 붕장어라니. 오래된 애인과 마주 앉아 젓가락으로 집어 먹는 붕장어 회라니. 나는 그럴 순 없다고 목소리를 높였고 결국 아나고 회라고 쓸 수 있었다.

나는 소설을 쓸 때마다 유년을 뒤적인다. 아빠의 기억을 헤집고 있노라면 엄마도 슬그머니 끼어든다. 아나고 회처럼 한 점 한 점 들먹이는 추억이 있다. 내 소설은 그렇게 자랐다.

# 광화문 오향장육집

광화문 세종문화회관 뒷골목 쪽으로 사브작사브작 걸어가다
보면 테이블도 몇 개 없는 오향장육집이 있었다. 오향장육, 그러
니까 다섯 가지 향신료를 넣어 만든 간장으로 돼지고기를 오래
조려 낸 거다. 오래된 그 집 나무문에도 오향장육의 알싸한 향이
배어 있었다. 정향 내음이 옷자락을 잡는 날이 많았다.

그날, 겨울이었고 우리는 추웠다. 남자 소설가 하나와 남자 시
인 하나, 그리고 나는 오향장육집의 덜그럭대는 나무 문을 열고
들어갔다. 동갑내기 우리는 시답잖은 이야기를 테이블에 떨구며
소주를 마셨다. 시인은 깜장빛 나게 조려진 고깃점 위에 파채를
올려 예쁘게도 집어 먹었고 소설가는 접시에 담겨 나온 오향장
육이 몇 점 되지도 않는다며 자꾸 나에게 고기를 양보했다. 많이
먹어, 많이. 녀석의 목소리가 아직 귀에 앵앵한다. 꽤나 시간이
지난 일인데도 말이다.

좁은 식당이었고 우리 쪽으로 바짝 붙은 테이블에는 반백의
남자와 40대 초반쯤으로 보이는 여자가 앉아 있었다. 그들도 오
향장육 접시를 앞에 두고 있었다. 하긴 그 집은 오향장육과 물만
두만 파는 곳이었으니까. 반백의 남자에게 여자가 "주간님"이라
고 불렀기 때문에 우리는 그들을 쳐다보았다. 반백의 남자는 어
느 문학잡지의 편집 주간이고 여자는 그 잡지에 처음 글을 실은
신인 작가인 모양이었다.

우리도 옆 테이블의 말소리 때문에 종종 말을 멈추었고, 그쪽
도 그랬다. 그도 그럴 것이 양쪽 테이블에서 소설 이야기가 나오
니, 그쪽이나 우리나 서로가 누구인지 몹시 궁금했을 것이다. 우
리는 점점 말소리를 낮추었지만 옆 테이블은 그러지 못했다. 반
백의 남자 주간은 이미 만취 상태였다. 그리고 그들의 대화는 우
스웠다.

대화의 요지는 이러했다. "네가 너무 예쁘다. 오늘 들어가지
말아라. 나와 같이 있자", 반백의 남자가 말하면 "주간님, 이러지
마세요. 정말 이러지 마세요", 여자가 대답하는 식이었다. 그들의
대화는 끝도 없이 반복되었다. 듣는 것만으로도 화가 치밀 지경
이었다.

우리의 시선을 느낀 여자는 얼굴이 발갛게 달아올랐다. 수치
스러웠겠지만 자리를 당장 박차고 뛰어나갈 수도 없는 일이라는
것을 여자도, 나도, 그리고 반백의 남자와 내 친구들도 알고 있었
다. 반백의 남자는 허섭스레기 같은 제 자랑을 쉼 없이 늘어놓았
고 여자는 이제 일그러진 표정을 감추지도 못한 채 그냥 "네, 네"
끄덕이고만 있었다.

"저 자식, 얼굴 잘 봐 둬. 누군지 알아낼 거야. 아주 개망신을
주겠어."

소설가 친구가 이를 앙다물었다. 몇 번이고 옆 테이블을 엎어

버릴 듯 흥분을 하는 바람에 시인 친구와 내가 그때마다 도닥여야 했다. 그때 언뜻 바라본 창밖으로 첫눈이 내리고 있었다.

"어, 눈이다. 첫눈이네."

나는 그 말을 하며 살짝 돌아앉았다. 긴 코트 사이에 가려져 있던 내 다리가 드러났다. 나는 코트 안에 짤막한 바지를 입고 있었다. 반백의 남자가 주름 가득한 얼굴 속 눈을 게슴하게 접어 보이며 내게 말했다.

"뭐야, 이건. 왜, 너 나한테 한번 주려고?"

소설가 친구가 드디어 자리를 박차고 일어났다. 미처 반백의 남자가 한 말을 듣지 못한 시인 친구가 벌떡 일어나 소설가 친구의 허리를 붙들었다. 그 와중에도 나는 테이블이 뒤집힐까 봐 한쪽으로 테이블을 얼른 밀어 두었다.

"야, 너 대체 어디 주간이야?"

고성이 시작되자 여자는 가방과 머플러를 쥐고 식당 입구로 뛰었다. 겁에 질린 얼굴이었다. 그녀가 문을 열기 전 나에게 한 말이 여태 기억난다.

"저기요, 우리 지저분한 사이 아니거든요."

이후로 오향장육을 먹은 적이 없다. 몇 년을 다닌 단골집이었지만 정향 내음 대신 그날의 춥고 스산한 음담만 떠오를 뿐 이제는 그 맛을 잊었다.

# 어디 살아요?

오래전 일이다. 아주 오래전.

나는 햇병아리 소설가였고 그는 유명한 작가였다. 아무 데나 휘젓고 다니며 편하게 술 먹는 자리가 아니었고 코스 요리와 와인이 나오는 파티 테이블에는 이름표가 놓여 있어 나는 꼼짝도 못하고 그의 옆자리에 앉아 있었다.

"서령 씬 어디 살아요?"

그가 물었다. 슈트 차림의 그는 다리를 꼬고 앉아 있었는데 흔들흔들, 그의 반질한 구두 앞코가 아직 기억이 난다.

내가 대답했다.

"광화문요."

그가 다시 물었다.

"광화문?"

내가 끄덕였다.

"그럼, 세종문화회관 뒤편, 오피스텔 많은 거기?"

"네."

그가 피식, 웃었다.

"서령 씨 시골 출신이구나?"

나는 다소 당황했다. 대학 시절, 포항 간다 그러면 꼭 서울내기 친구들은 "시골 가?" 물었고 그럴 때마다 "포항, 시골 아니거든!" 성질을 내곤 했지만 그럴 자리도 아니었고, 무엇보다 시골 촌년이라 놀리던 친구들의 애정 어린 말투가 아니어서 나는 어떤 식으로 반응을 해야 할지 몰랐던 거다. 어떻게 대답을 해야 내 당황스러움을 들키지 않을까 잠깐 고민을 했다.

"네, 시골 출신이에요."

　같은 테이블에는 작가들이 여러 명 있었다. 자꾸 구두 앞코를 흔들어서 눈에 거슬렸다. 딱 보아도 비싼 티가 나는 구두였다. 그는 작가들을 보며 말했다.
　"그것도 일종의 트라우마거든. 시골 출신들은 어떻게든 사대문 안에 살아 보려고 애를 쓴단 말이지. 빌딩들이 눈에 안 보이면 불안해. 드디어 내가 여기 입성했다, 그런 거지. 박완서 선생도 쓰셨잖아. 《그 많던 싱아는 누가 다 먹었을까》, 그 소설. 거기 보면 나오잖아. 주인공 엄마가 개성에서 나와 가지곤 기를 쓰고 사대문 안으로 들어가거든. 현저동. 동네가 후지고 말고는 상관없어. 비싸도 상관없어. 적어도 서울이라면 이곳이어야 한다, 그런 게 있어. 그래서 딱 보면 티가 나."
　사람들은 웃었지만 불편해했다. 그들은 구두코를 흔드는 작가의 말에 맞장구도 치며 나에게 애써 몇 마디도 던지며 대화를 이어 갔다. 나도 꼬박꼬박 대답하며 식은 스테이크를 잘라 먹고 물을 마셨다.

그가 계속 말했다.

"또 하나 티 나는 게 있어. 소설에다 유난히 브랜드 얘길 쓴다? 온갖 명품들을 갖다 쓰는 거야. 얼마짜리 무얼 걸쳤네, 무얼 사들였네 하면서 천박하다고 까 내리는 거지. 요즘 그런 애들 꽤 있어. 누군지 감 잡히지 않아? 근데 알잖아. 까 내릴 땐 알고 써야 하는 거거든. 모르면서 빈정대는 건 진짜 웃긴데 그걸 몰라. 저번엔 어떤 작가가 구두 얘길 썼더라고. 어마어마하게 비싼 구두를 신고 나온 남자 얘길 쓰는데, 그게 뭔지 알아? 발리 구두야. 발리."

그가 큰 소리로 웃어 젖혔고 사람들도 하하, 따라 웃었다.

"거기서 발리가 나오면 어떡해. 읽다가 웃겨 죽는 줄 알았네. 아, 얜 촌년이구나, 했지. 발리 그거 명품 아니거든. 이게 발리야."

그가 자기 구두를 더 크게 흔들어 보였다.

"이게 무슨 명품이야? 50만 원이야, 이거. 한국 작가들도 공부 좀 해야 돼. 센 척은 하고 싶고 아는 건 없고."

나는 사실, '사대문 트라우마'라는 말에 마음이 팔려서 그 순간 이사를 해야 하는 건가 생각을 하던 중이었다. 광화문에 사는 게 촌스러워 보일 거라고는 꿈에도 생각하지 못했는데, 세상엔 이런 고수들도 있구나, 하면서 주눅이 들어 있었다는 말이다. 그가 발리 구두 이야기만 하지 않았더라도 나는 그날 어쩌면 집에 가는 길에 부동산에 들러 집을 내놓았을지도 몰랐다. 그러면서 생각했다. 발리 구두 얘길 쓴 작가는 내가 알기로 서울내기인데.

집에 돌아와서는 친구에게 전화를 걸어 하소연을 했다. 고시 랑고시랑 다 일러바쳤다.

"미친 거 아냐? 완전 재수 없어!"

대부분 작가 지망생인 내 친구들은, 내가 그런 자리에 다녀와서 구구절절 해 주는 이야기들을 좋아했다. 좋아했던 작가들의 사사로운 이야기에 그 작가를 더 좋아하기도 했고, 와르르 환상이 무너지는 바람에 애통해하기도 했다.

"나 이사할까?"

"미쳤어?"

내내 마음이 꿉꿉했다. 그러고는 발리 구두건 발리 가방이건 발리 소리만 들어도 신경이 곤두섰다. 사실 남자들이 색색의 끈이 달린 발리 가방을 들고 다니는 게 참 예뻐 보이던 시절이었는데. 몇 년이 지나 여동생과 면세점 쇼핑을 하다가 제 남편 선물로 발리 지갑을 고르는 걸 보고는 짜증을 냈다.

"촌스럽게 무슨 발리야!"

그가 뭐랬든, 돌아보면 광화문에 살던 그 시절이 나에게는 가장 행복한 즈음이었다. 청탁이 없어 밤에 침대에 누워 앞으로 깜깜할 인생을 걱정하다가도 문득 걸려 온 청탁 전화에 침대에서 뛰어내려 혼자 방방 뛸 만큼 순진했던 시절. 출근길 버스 안에서도 가만히 창밖을 내다보며 소설 속 주인공들만 생각했던 시절. 곧잘 가던 단골 술집 아줌마가 미역국을 엎어 다리를 데었는데도 나는 그냥 깔깔 웃었다. 연고를 사다 주며 당시 애인이었던 남자가 말했다.

"넌 왜 화도 안 내냐? 이거 흉질 텐데. 여자애들은 이런 데 예민하지 않아?"

뭐 이런 걸로 예민해져. 그냥 웃기고 재밌는데. 그렇게 생각했다. 앞으로 해야 할 일도 많고 할 수 있는 일도 많은 것 같았다. 더 이상은 아무도 나에게 촌년 트라우마 같은 소릴 꺼내지 않았다. 그리고 나 역시 내가 깡촌 출신인 게 부끄럽지 않았다.(물론 포항은 깡촌이 아니다! 아니라고!)

그 시절을 생각한다면 나는 별일 안 하고 한참을 더 살아왔다.

그때의 꿈들은 꿈지럭꿈지럭 사라져 버렸고 나는 게으르고 느긋한 40대가 되었다. 대신 108배를 일주일 동안이나 꼬박꼬박 했고 커피 컵에 담아 둔 녹두알은 싹을 틔웠다. 다음 주에는 숙주 샐러드를 해 먹을 거다. 아침 산책을 거른 봉수가 떼를 부리는 중이고 오늘이 마감 날이지만 다 못 했다. 일주일은 더 걸릴 것 같다.

# 노란 몰타의 추억

나는 제법 어깨에 힘을 주고 호탕한 표정을 지어 보였다. 절대 긴장한 내색을 해서는 안 되었다. 대표는 안경 너머 눈을 끔벅이며 나를 오래 쳐다보다 입을 열었다.

"그러니까 지금 휴가를 내겠다고 나한테 말을 한 것 같기는 한데…….7개월이라고…… 내가 잘못 들은 거겠지?"

나는 태연한 표정으로 대답했다.

"맞게 들으셨는데요."

헛, 대표가 웃었다. 나는 더 뻔뻔해지는 수밖에 없다고 생각했다. 나는 빨간 날에만 소설을 쓰는 작가였다. 일이 바쁜 직장 때문이었다. 나는 가난해질까 봐, 가난이 나의 한 부분을 곰팡이 슬게 해 소설을 그만두게 만들까 봐 금요일 저녁, 아무리 술을 마시고 늦게 돌아와도 집 안 청소를 끝냈다. 그래야만 주말에 책상 앞에 단정하게 앉을 수 있기 때문이었다. 긴 여행을 떠날 때마다 대표와 싸움질을 해 대는 건 어쩔 수 없는 일이었다. 물론 말이 싸움질이지 나는 빌고 또 빌었다.

"제가 원할 때면 휴가 주신다 했잖아요. 이제 와서 말 바꾸시면 어떡해요?"

"아니, 생각을 해 봐. 이게 휴가야? 7개월이 휴가야?"

"전 여행 갈 때 한꺼번에 쓰려고 월차도 안 썼어요. 생리휴가도요."

"월차랑 생리휴가 다 모아 봐! 그게 7개월이 나와? 저번에도 1년 쉬었잖아!"

"아, 그럼 자르시든가요!"

돌이켜 보니 빌고 빌었던 건 아닌 것 같다. 싸움질이 맞는 것 같다. 여하튼 나는 긴 휴가를 가기 위해 지난 3년간 얼마나 회사를 위해 열심히 일했는지 고시랑고시랑 설명을 늘어놓았으며 7개월의 휴가를 다녀온 이후 다시는 이런 짓을 벌이지 않겠노라 맹세도 했다. 그 말을 할 때에는 비굴한 웃음도 지어 보였다.

"그냥 월차 쓰고 생리휴가 꼬박꼬박 써."

대표는 짧게 대답했다.

분명 내가 질 것 같은 게임이었으나 끝끝내 이기고야 말았다. 한 달 동안 열댓 번쯤 사표를 움켜쥐고 대표의 방을 들락거린 결과였다.

나는 27인치 핫핑크색 트렁크에 옷과 책과 노트북을 꾸역꾸역 채워 넣고 영국으로 떠났다. 유럽 도시 중 런던으로 가는 비행기 티켓이 가장 쌌기 때문이었다. 예나 지금이나 나는 무모한 여자라 런던에서 한 달을 게으르게 지낸 후에야 다음 여행지를 결정했다. 지중해의 작은 섬, 몰타공화국이었다.

세인트줄리앙스의 콘도미니엄 호텔에 짐을 풀었다. 한 달은 짧을 것 같고 두 달이 적당할 듯했으나 마침 호텔은 숙박비 할인

중이어서 두 달 치나 석 달 치나 얼마 차이가 없었다. 그래서 석
달 치 방값을 결제했다.

　방은 너무 크고 너무 추웠다. 2월이었다. 수도꼭지에서는 물보
다 석회 가루가 더 많이 떨어져 내렸다. 마음에 들지 않았지만 지
중해가 훤히 내다보이는 테라스가 또 기가 막히게 예뻐서 눌러
앉고 말았다.


　몰타가 여태 기억에 생생한 건 노란 빛깔 때문이다.

　16세기 무렵 노란 옛 건물들이 그대로 남은 도시에 혹 새 건물
을 짓는다 해도 사람들은 생뚱맞은 빛깔을 칠할 수가 없었다. 그
래서 온통 도시가 노랬다. 그들은 그렇게 사는 사람들이었다. 어
느 것이 옛 건물이고 어느 것이 새 건물인지 알아보기도 어려울
지경이었다.

　그리고 사람들. 노란 건물 속 사람들은 뭘 그렇게까지 눈을 동
그랗게 뜨고 나를 쳐다보았을까. 동양인이 없기는 했다. 그들은
식당에 앉아 밥을 먹다가도, 좌판을 벌이고 사과를 팔다가도 지
나가는 나를 쳐다보았다. 눈이 마주치면 부끄러운 듯 웃었다. 아
주 부끄러운 듯. 꼬마들은 말똥말똥 나를 쳐다보다 우르르 따라
왔고 내가 뒤돌아보면 골목으로 재빠르게 숨었다. 기가 막혔지
만 나도 우스워서 몇 번이나 걸음을 멈추었다.

사탕 가게 나이 든 여주인은 자신의 집에 방이 하나 비었다고
했다. 아주 싼 값에 빌려주고 싶단다. 근처 호텔에 묵고 있다 했
더니 그럼 공짜로 묵게 해 주겠단다. 사양하는 나를 끌고 기어이
집으로 데려갔다. 좁은 계단을 5층까지 타고 오르니 낡은 의자와
TV가 놓인 작은 방이 있었다. 석 달 치 방값을 덜컥 결제하지 않
았다면 정말 그 방에 트렁크를 끌고 갔을지도 몰랐다. 희한하게
다정한 사람들이었다.

몰타에서 시내버스를 타면 천장 모서리를 따라 긴 줄이 매달
려 있었다. 내릴 때가 되어 그 줄을 잡아당기면 버스 기사 가까이
에 있는 동그란 종이 땡땡 울렸다. 나는 줄 끝에 달린 그 종이 하
도 귀여워 가까운 거리를 갈 때에도 버스를 탔다. 그런 장면이 좋
았다. 촌스럽고 불편하지만 매캐하게 번지는 다정한 냄새 같은
장면들 말이다. 그래서 내 소설도 영 촌스러운가.


테라스 쪽으로 작은 책상을 옮겨 둔 뒤 소설을 쓸 생각이었지
만 모든 건 뜻대로 되지 않아서 나는 매일 테라스에 나가 앉아
맥주를 마셨고 깡통에 든 올리브를 씹었다. 혼자여서 좋았고 혼
자여서 쓸쓸했다. 가지고 갔던 책은 동이 났고 호텔 앞 손수레에
서 파는 토마토도 질려 버렸다.

그해 몰타의 겨울은 놀랍게도 따스해서 추운 방을 나서자마자

나는 목도리를 풀었고 얼마 걷지 않아 코트를 벗었다. 코트 속에
는 반팔 티셔츠를 챙겨 입었다. 방파제에 앉아 커피를 마셔도 춥
지 않았다. 대신 몰타의 커피는 어딜 가든 지독하게 맛이 없었다.

　소설이 안 풀리는 것 말곤 다 괜찮아, 생각했지만 소설이 하도
안 풀려 나는 결국 일찍 몰타를 떠났다. 역시나 무모한 여자여서
아무 데로나 다음 여행지를 결정했다. 로마였다. 몰타의 노란 벽
과 돌길, 그리고 걸핏하면 눈을 반짝이며 웃어 주었던 사람들이
종종 떠올라 로마는 좀 시시했다. 애인이 생긴다면 꼭 몰타의 부
두 방파제에 앉아 나른한 입맞춤 같은 걸 한번 해 보고 싶었는데,
이후 몇 년간 애인이 생기지 않아 나는 몰타를 까먹어 버렸다. 이
제 슬금슬금 몰타가 그리워지지만 글쎄, 다시 갈 수 있으려나.

# 교정지

집으로 교정지가 도착했다. 지난 몇 달 작업한 번역 원고다. 편집자는 교정지 곳곳에 알록달록한 포스트잇을 붙여 두었다. 서재방 책상에서 키보드를 두들길 때와 달리 나는 필통 가득 잘 깎은 연필을 채워 거실로 나왔다. 보일러 온도를 높이고 러그를 깐 뒤 쿠션도 곳곳에 던졌다. 그러니까 나는 교정지를 볼 때에는 따뜻한 바닥에 엎드려야 하는 것이다. 왜 그런 버릇이 생긴 건지는 모르겠다. 그냥 처음부터 그랬다.

교정지는 추후 출간될 책 모양 그대로 나에게 건네진다. 지금 내 눈앞에 펼쳐진 페이지가 앞으로 독자가 읽을 페이지라 생각하면 괜히 코끝이 뜨끈뜨끈해지곤 한다. 나는 독자처럼 다소 게으르게 엎드려 교정지를 마주한다. 옆에 귤 바구니쯤 그래서 꼭 필요하다.

예전, 첫 소설집 교정지를 받아 들었을 때 편집자 출신이던 당시의 애인은 연필을 들고서 나보다 더 섬세하게 원고를 만져 주었다.

"이 문장은 짧게 쳐 버리는 게 어때? 마지막 두 글자가 뒷장으로 넘어가잖아. 그렇게 되면 페이지가 예쁘지 않아."

편집자는 그런 것도 고민하는구나, 나는 감탄하며 그의 말대로 문장을 잘라 냈다. 허리께에 담요를 덮은 채 나는 말랑말랑한 지우개로 지워 가며 이렇게도 고쳐 보고 저렇게도 고쳐 본다.

교정을 본다는 건 내가 원고와 작별 인사를 나누는 과정이다. 그래서 미련 많은 여자처럼 나는 자꾸 뒤돌아본다. 이왕이면 작별의 말을 꽤나 그럴듯하게 잘 던지는 사람이었으면 좋겠다. 다시 주워 담지 못할 말, 후회 없이 곱디곱게 뱉어 원고와 이별을 해야지. 예쁜 표지를 달아 이제 출간이 되면 누군가의 훈훈한 집에서 새 생을 살겠지. 잘 가라, 원고들.

# 죽은 자의 물건들

글을 쓰는 일을 하다 보니 서랍이든 책장이든 오래 들지 않은 가방 속이든 노트들이 여기저기 쑤셔 박혀 있다. 대부분 몇 장 쓰지도 않은 것들인데 들추어 보면 기분이 별로다. 날것 그대로의 메모들은 시퍼렇게 서툴기만 했다. 그렇다고 쭉쭉 찢어 낼 수도 없다. 열 줄 사이에 숨은 한 줄이 한 편의 소설을 만들지도 모르기 때문이다. 노트북도 마찬가지다. 그 안에 엉기정기 흩어져 있는 조각글들.

결혼을 앞두고 남자 친구와 나는 서로가 서로에게 꼭 지켜 줬으면 하는 일에 대해 이야기를 나누었다. 남자 친구는 자신의 휴대전화를 절대 건드리지 말 것을 제일 먼저 말했다. 나도 말했다.

"살다가 내가 먼저 죽게 되면 내 노트들이랑 노트북을 아주 깔끔하게 버려 줘. 절대 열어 보지 말고. 그리고 미발표작 같은 걸 묶어서 출판을 한다든지 하는 일에 절대 동의하면 안 돼. 그랬다간 귀신이 되어서 널 지옥으로 질질 끌고 갈 거야."

진심이었다. 혹시 갑작스러운 죽음 같은 것을 맞게 될까 봐 종종 노트북 속 조각글들을 삭제하기는 하지만 그런 일을 자주 할 만큼 부지런한 사람은 못 되고, 살아 있는 동안은 그 조각글들이 또 소설이 될 수도 있을까 봐 미련이 영 남으니 어차피 제대로 정리하기는 그른 일이었다.

유품 정리사의 이야기를 그린 소설을 읽은 적 있다. 고독사를

하거나 자살을 한 이들이 늦게 발견되어, 유족들조차 악취 풍기
는 집에 들어갈 수 없을 때에 그들이 남긴 물건들을 정리하는 이
가 유품 정리사다. 그들은 냄새를 빼고 살균을 하고 귀중품을 따
로 모아 유족에게 전한 다음 재활용을 할 수 있는 물건들과 소각
할 물건들을 챙긴다. 유서를 제외한 다른 내 것을 타인에게 보이
는 일이 몹시도 싫은 나 같은 사람은 유품 정리사가 반갑지 않다.

친구는 얼마 전 유품 정리 업체에 전화를 걸었단다. 별거 중인
친구는 남편과 살던 집에 남은 살림들을 정리하기 위해 그곳에
의뢰를 했다.

"이 좁은 원룸에 커다란 장롱이랑 침대를 끌고 올 순 없잖아.
그렇다고 그 사람이랑 같이 쓰던 냄비랑 커피 잔이 나한테 필요
하겠니?"

나는 그런 일로 유품 정리 업체를 이용한다는 걸 처음 알아서
마음이 조금 먹먹했다. 그녀의 혼수들은 중고 가구점에 실려 가
거나 못이 뽑히고 문짝이 빠진 채로 고물상에 가겠지. 옷장 속 옷
가지들은 헌옷 수거 업체로, 가전제품은 재활용 센터로도 갈 테
고 비교적 말짱한 것들은 유품 정리사가 챙길 것이었다. 죽은 자
의 물건처럼 곳곳으로 흩어질 그 집의 살림살이를 떠올리니 친
구와 맥주라도 한잔해야 할 것 같았다.

# 책들은 다 사연을 품고 있지

**1.**

소설을 쓰다가, 내가 뭐 이따위로 소설을 쓰고 있나, 하는 생각이 들 때면 나는 책장에서 두 사람의 책을 빼 왔다. 이혜경의 소설과 신용목의 시집이었다.

게으르고 모자란 글을 쓰고 있는 나를 학대하기에 두 사람의 책은 딱 좋았다. 나는 아주 오랫동안 이혜경의 단편소설 〈검은 돛배〉를 부러워했다. 세상에 이렇게나 아름다운 소설은 없을 거라 생각해 왔다. 그리고 온통 아름다운 은유로 가득한 신용목의 시들을 좋아했다. 시집《누군가가 누군가를 부르면 내가 돌아보았다》는 제목만으로도 가슴이 아팠다. 두 사람의 책을 덮고 나면 처음부터 다시 소설을 쓸 수 있을 것 같았다.

**2.**

나는 권여선의 소설들이 늘 무서웠다. 아무 말도 하지 않았는데 내 속을 다 들켜 버린 것 같았기 때문이었다. 그래서 그녀의 소설뿐 아니라 권여선도 무섭게 느껴졌다. 어느 술자리에선가 권여선을 처음 만나 그녀의 맞은편 자리에 앉았을 때 그래서 나는 쭈뼛쭈뼛 인사도 겨우 했다.

그날 나는 정신 나간 여자애처럼 짧은 스커트를 입고 있었다. 직장을 다니던 시절이었는데, 동료들이나 친구들과의 자리에서는 아무렇지도 않을 그 짧은 스커트가 작가들과의 술자리에서는 지나치게 튀었고, 나는 권여선이 나를 정신 나간 여자애로 볼까 봐 자리에서 일어설 수가 없었다. 저렇게 정신 나간 스커트를 입고 다니는 여자애는 정말 정신 나간 여자애일 거야, 그녀가 생각할 것 같았다. 집으로 돌아오는 길에 친구를 불러냈다.

"그 여자가 나를 정말 정신 나간 여자애라 생각했을 거야! 내가 미쳤나 봐. 그딴 걸 입고 거길 가다니!"

나는 그 이야길 열 번쯤 했고 친구는 나에게 짜증을 냈다.

"너 진짜 미친 거 같애. 니가 뭘 입건 말건 권여선한테 무슨 상관이겠어! 아주 귀가 닳겠어, 그놈의 정신 나간 치마 얘기!"

그래도 나는 계속 징징댔다.

"미친 치마에다 내 목소리는 또 어떻고. 내가 말을 하는데 권여선이 정말 깜짝 놀란 얼굴로 나를 쳐다보더라니까. 그딴 치마에 그딴 목소리. 뭔가 권여선 소설에 나오는 정신 나간 여자애랑 비슷하지 않아?"

지금 떠올리면 참 어처구니없는 하소연이지만 그땐 그랬다. 아주 오래된 일이지만 나는 권여선을 만날 때마다 그 짧은 스커트가 생각나 여태도 가끔씩 움찔거리곤 한다. 그녀의 소설집 《안녕 주정뱅이》 속 단편 〈봄밤〉은, 읽을 때마다 눈물 바람이다. 나는 그 소설이 슬퍼서 어느 밤 그녀에게 전화를 걸어 펑펑 운 적이 있다. 그 밤은 나에게 아주 오래 기억될 것이다.

**3.**

서른 살을 앞두고 나는 호주로 떠날 준비를 하고 있었다. 시답잖기만 한 내 청춘을 이제는 작살내야 할 것 같았고, 사랑이나 연애 같은 시시한 것들, 모조리 집어치우고 싶던 시절이었다. 그때 어느 잡지에서 김인숙의 인터뷰를 읽었다. 고작 스물한 살에 소설가가 되었던 그녀가 이제 중년이 되어 말하고 있었다.

"사랑도, 소설도 서른은 넘어야 할 수 있는 것 같아요."

나는 그 말이 하도 절절해, 그녀의 장편《시드니 그 푸른 바다에 서다》를 겨드랑이에 끼고 비행기에 올랐다. 소설도 사랑도, 나는 아직 서른도 안 되었으니 하나도 포기하지 않아도 될 것 같았다. 작가가 된 후 김인숙 소설가를 만났던 자리에서 나는 그 인터뷰 이야길 했다.

"선생님이 그러셨잖아요. 사랑도 소설도, 다 서른은 넘어야 한다고요."

김인숙은 눈을 동그랗게 떴다.

"내가?"

전혀 기억이 안 난다고 했다. 그러면서 덧붙였다.

"서른은 모르겠고, 나는 마흔 될 땐 참 좋더라. 그냥 편안하고 안심이 되더라. 그래서 마흔 되고서 난 행복했어."

　아직 마흔이 되려면 한참 남았던 때라 나는 조금 김이 샜다. 인터뷰를 많이 하는 사람들은 저렇게 까먹기도 하는구나, 생각했다.


　**4.**

　중구난방 쌓여 있는 책들을 나는 보통 출판사별로 분류해 책장에 꽂는다. 오랜만에 노희준의 장편《오렌지 리퍼블릭》을 찾아냈다. 몇 년 전 나는 장편소설 일일 연재를 하고 있었다. 매일매일 단골 카페에 가서 작업을 했는데, 낮 12시에 가서 그곳에서 밥을 먹은 후 6시까지 글을 썼다. 커피는 두 잔이나 세 잔쯤 마셨다.

　6시가 넘으면 친구들이 슬슬 카페로 몰려왔고 그러면 그들과 어울려 보드카를 마시거나 저녁을 먹었다. 음악을 하는 남자와 영화를 하는 여자가 함께 운영을 하는 카페라서 영화를 하는 거지들, 음악을 하는 거지들, 그리고 글을 쓰는 거지들이 알콩달콩 모여 놀던 곳이었다.

　그날은 소설가 노희준이 전화를 걸어왔다.

　"놀아 줘, 심심해."

　나는 6시가 넘으면 카페로 오라고 말했지만 노희준은 더 일찍 나타났다.

"나 덜 썼어. 딴 자리 가서 혼자 놀고 있어."

노희준은 말을 듣지 않았다. 노트북을 편 내 앞에 다리 꼬고 앉아 "빨리 써. 아, 빨리 좀 쓰라고" 하고 닦달을 했다. 나는 성질을 냈다.

"미쳤나 봐. 그러고 있으면 글이 써져? 딴 데 가서 놀고 있으라니까."

그는 끝끝내 말을 듣지 않았다. 나는 그날 원고를 마무리하느라 진땀을 뺐다. 노희준이 장편 《오렌지 리퍼블릭》을 막 출간했을 때였다. 친구 J는 그 책을 읽고 내게 말했다.

"내가 소설 쓸 거라 그러면 선배들이 막 뭐라 했잖아. 너 같은 강남 출신이 소설은 무슨 개뿔 소설이냐고. '너는 상처가 없어, 상처가!' 그게 얼마나 스트레스였는지 몰라. 아니, 시골서 모내기하고 추수해야만 소설을 써? 강남 출신은 소설도 못써? 근데 《오렌지 리퍼블릭》을 읽는데, 그거 진짜 내 얘기 같은 거야. 아, 이런 소설도 있구나. 강남 소설도 짠하구나. 나도 이런 거 쓰고 싶다, 그런 생각했어."

J는 정말 그 소설을 좋아했다.

"나 노희준이랑 연애할까? 어때?"

나는 심드렁하게 대답했다.

"그러든가."

그래서 노희준이랑 술을 마실 때면 종종 J를 데리고 나갔다. 하지만 J는 노희준에게 작업을 걸지 않았고 노희준 역시 J에게 관심이 없었다. 그 카페는 결국 문을 닫았다. 우리 거지들이 자꾸 술값도 안 내고 집에 가 버리고 아무렇게나 주방을 털어먹고 그래서 사장 언니가 카페를 접어 버린 거였다. 한동안 우리는 갈 곳이 없어 단골집이 사라진 가로수길을 하릴없이 뱅뱅 돌았다.

### 5.

나는 고은규의 소설을 좋아했다. 《트렁커》도 《알바 패밀리》도 《데스케어 주식회사》도. 나와는 아주 다른 소설을 쓰는 사람이라고 생각했다. 어떤 소설은 내 소설과는 아주 다른 세상에 있는 것 같아서 불편하고 싫기도 하지만 고은규의 소설은 좋았다.

지난봄 나는 그녀의 소설집 《오빠 알레르기》를 읽었다. 특히나 그곳에 실린 단편 〈차고 어두운 상자〉에 흠뻑 빠져 버리고 말았다. 막 웃긴데, 막 슬프다. 나는 소설이 작가를 숨길 수 없다고 생각하는 사람이다. 막 웃기고 막 슬픈 고은규가 그래서 궁금했다. 어떤 사람인지.

시간이 지나 나는 이제 고은규에게 스스럼없이 "언니!"라고 부르게 되었다. 고은규는 살가운 사람이라 우리 집에 종종 놀러 올 때마다 가방 속에서 무언가 주섬주섬 꺼내 준다.

"이런 볼펜 있다는 거 알고 있었어? 볼펜 끝에 지우개가 달렸는데 세상에 볼펜인데도 지우개로 지워져. 너무 신기하지 않아?"

나도 그런 볼펜을 처음 보아서 우아아, 탄성을 질렀다.

"그래서 너 주려고 가져왔어."

그런 식이다. 어느 날에는 내 아기에게 주라며 미키 마우스가 달린 귀여운 배낭을 꺼내기도 하고 작업할 때 걸치고 있으라며 도톰한 카디건을 사다 주기도 했다. 고은규의 가방 속에서 나오는 건 끝도 없어서, 로션이나 립스틱도 몇 개씩, 비타민제도 나오고 어떨 때엔 파슬리와 시나몬 병이 나오기도 했다. 급기야 지난주에는 예쁜 헝겊 인형을 꺼내 주었다.

"나 어릴 때 가지고 놀던 인형인데, 아가한테 주려고."

맙소사. 나는 고은규와 한 시절을 함께 보낸 헝겊 인형을 품에 안고 그만 마음이 망망해지고 말았다.

# 내 마음속 다락방

떠올릴 수 있는 가장 어린 시절에 대해 이야기해 보라고 한다면 나는, 엄마가 막내를 낳던 그날이라고 하겠다.

엄마는 막내를 낳은 직후 하혈이 멈추지 않았고 아빠는 맡겨둘 곳 마땅찮았던 어린 나를 데리고 엄마의 병실로 갔다. 창백한 엄마가 누워 있던 병실 창가 아래에 앉아 나는 아빠가 사 준 카스텔라를 먹었다. 플라스틱 조그마한 칼이 들어 있던 빵이었다. 물론 엄마는 내 이야기에 코웃음을 쳤다.

"야, 이 가시나야. 막내 낳을 때 니가 세 돌도 안 됐다. 근데 니가 그걸 어째 기억을 하나. 말도 안 되는 소리 하고 있네."

말이 안 될 이야기가 맞기는 하지만, 그래도 나는 기억한다. 그날 오후 서편의 창으로 새어 들던 붉은 햇빛도 선명한걸. 정말이다.

그 이후의 어린 날은 깜깜하다. 곧바로 이어지는 다음 기억은 다락방이다. 말이 없고 소심했던 나에게 친구란 고작 잔별처럼 피었던 마당의 채송화와 옥상 장독대 뒤에 숨겨 두었던 맨질맨질한 돌멩이와 낡은 동화책, 그리고 몽당 크레파스 따위였다.

다락방에 기어 올라가기 시작했던 건 순전히 언니 때문이었다. 언니는 내가 제 책을 함부로 만지는 것을 싫어해서 다락방 커다란 은색 궤짝 속에다 숨겨 두곤 했는데, 언니가 학교에 가고 난 다음이면 나는 슬그머니 다락방으로 올라가 궤짝을 열었다.

골목으로 난 조그만 다락방 들창으로 봄바람이 들어왔고 나는 졸다 말다 하며 하루 종일 다락방에서 놀았다. 그즈음 엄마도 내가 사라지면 그저 다락방에 있겠거니 하고 말았다. 나는 그렇게 다락방에서 자랐다. 여덟 살 때 이사를 한 집에도 다행히 다락방이 있었다. 말썽을 부린 날, 화가 머리끝까지 치민 엄마가 다락방에 가둬 버릴 땐 그렇게도 무서운 곳이지만 내 발로 기어 올라갈 때엔 어쩜 그리 보물섬 같았을까.

종종 엄마의 옛 졸업 앨범이나 아빠의 연애편지 같은 것을 발견한 날도 있었지만 나는 그곳에서 숱한 책을 읽었다.《메리 포핀스》도《빨강 머리 앤》도《키다리 아저씨》와《오즈의 마법사》도 다 거기서 읽은 책들이다.

몇 년 전 나는 루시 모드 몽고메리의《빨강 머리 앤》을 번역했다. 다락방을 구르며 책을 읽던 열한 살의 나에게 주는 선물이라 생각하고 한 일이었다. 철자 끝에 e를 붙인 앤(Anne)으로 불러 달라던 열한 살 주근깨 소녀의 수다를 번역하며 나는 내 열한 살을 끝없이 불러냈다. 그리고 3년이 지나 이제 열일곱 살이 된 앤 셜리의 이야기《에이번리의 앤》을 번역해 출간했다. 그건 내 아기를 위한 번역이라 생각했다. 네가 자라 열한 살이 되면 엄마가 번역한《빨강 머리 앤》을, 열일곱 살이 되면 엄마가 번역한《에

이번 리의 앤》을 읽어 줘. 그런 마음이었다.

나는 종종 책장에 꽂힌 그 두 권의 앤을 꺼내 보곤 하는데 그럴 때면 어린 시절 다락방에서 묻혀 온 먼지 냄새가 선연히 느껴지곤 한다. 열한 살의 앤과 열일곱 살의 앤은 먼지 냄새에다 내유년의 기억까지 담뿍 묻힌 손가락을 뻗어 내 뺨을 만진다. 아기가 도대체 언제쯤 다 자라 이 책들을 읽게 될는지 모르겠지만, 그전까지는 내가 잘 보관해 놓아야 할 일이다.

# 내 여자 친구의 귀여운 연애

'여사친', '남사친' 따위의 말을 들으면 귀가 근질근질하다. 여자 친구, 남자 친구라는 예쁘장한 단어가 있고 굳이 이성적 탐닉 같은 것 없이 맹숭한 사이라면 '아무 사이도 아닌' 여자 친구라고 긴 수식어를 붙인다거나 남자 친구'이긴 하지만 아무 사이도 아냐'라고 구구절절 설명을 하는 편이 낫겠다 싶다.

물론 이런 생각을 하는 건 내가 유달리 줄임말을 싫어하는 사람이라 그럴 수도 있을 테다. 게다가 나는 트렌드에도 눈이 어두워 2, 3년 전까지는 '미드'와 '일드'가 뭔지도 몰랐다. 말로 벌어 먹고 사는 사람의 직무 유기라고 친구들에게 욕도 많이 먹었다.

나는 유달리 '여자 친구'라는 단어를 예뻐하는데 그 단어가 풍기는 사랑스러움과 귀여움과 애틋함을 정말이지 좋아하기 때문이다. 긴 벤치에 앉아 차가운 커피 한 잔 물고 마냥 웃어 주는 친절한 동행 같은 것이 떠오르고 휴대전화가 뜨거워지도록 밤새 수다를 떨어도 하나도 지겹지 않은 밤 같은 것이 떠오른다. 촌스럽기 그지없는 영어 발음을 들켜도 창피할 것 없고, 무언가 슬프고 허전한 일이 있어 계란찜 뚝배기 앞에 두고 매운 닭발을 줄줄 빨고 있어도 그냥 묵묵히 맞은편에 앉아 있어 줄 것만 같은 여자 친구, 그런 존재.

나이도 먹을 만큼 먹어 만났던 한 남자는 지인들 앞에 나를 보이며 "제 여친이에요" 말을 했고 나는 그 소개법이 하도 신선해 친구들에게 종알종알 일러바쳤다. 여자 친구도 아니고 여친이라 불렀다며 말이다. 친구들은 열렬히 나를 비웃었다.

"그러니까 마흔 넘어 '여친'이란 말에 홀랑 넘어갔단 말이지?"

"넘어갔단 말이 아니고 신선했다니까⋯⋯."

"취향 참 희한해, 남들 다 쓰는 여친이란 단어가 뭐 어떻다고."

"실제 대화에서 여친이란 말을 쓰는 남자가 진짜 있는 줄 몰랐다니까."

"네가 그동안 이상한 남자들만 만났던 거야."

"그게 아니라⋯⋯"

"가만 보면 얘, 일관성도 없지 않니? 여사친은 싫으면서 여친은 좋다는 게 말이 돼?"

"좋다고 한 건 아니야!"

이응준의 소설 〈내 여자 친구의 장례식〉도 제목이 슬퍼 읽을 엄두를 못 냈던 나로서는 도무지 친구들의 비웃음을 이해할 수 없었다. 어쨌거나 나를 '여친'이라 소개했던 그 남자와 나는 결혼까지 했다. 굉장히 트렌디하고 세련된 남자인 줄 알았지만 그건 다 나의 오해였다. 그도 내가 마냥 사랑스럽고 즐거운 여친이 아니라 늙고 지루하고 게으른 여자란 걸 드디어 알아채고선 코가 빠졌겠지만 말이다.

　내가 아는 소설들 중 가장 예쁜 제목을 가진 건《내 여자 친구의 귀여운 연애》다. 윤영수의 단편집이다. (아마도 이 제목을 듣고 입가에 배시시 웃음을 띠지 않는 사람은 없을 거라 본다.)

　미련이 많은 주인공을 등장시키면서도 담백한 소설이 있고 전쟁을 그리면서도 조용한 소설이 있고 사랑스러운 제목을 쓰면서도 끔찍한 소설이 있는 법이지만,《내 여자 친구의 귀여운 연애》는 제목 그대로 귀엽다. 귀여운 소설이다. 짠하고 모질고 눈물 나고 허랑한 인생살이에 대한 이야기지만 귀여운 여자 친구가 있고, 그녀를 바라보는 귀여운 남자 친구가 있다. 그녀의 연애가 귀엽고 그녀의 연애를 바라보는 그의 우정이 참말 귀엽다.

　실은 요즘 여자 친구와 남자 친구의 연애에 관한 소설을 쓰는 중이다. 아니, 어찌어찌한 사연으로 두 사람이 헤어진 이후의 긴 기다림에 대한 소설을 쓴다고 해야겠다. 원고지 800매 정도를 쓸 예정인데 300매가 훌쩍 지나가도록 주인공 두 사람이 헤어질 기미를 보이지 않고 있다. 후딱 헤어져 줘야 그 사연에 대한 비밀을 털어놓고 기다림이 시작될 텐데, 여전히 내 주인공들은 알콩달콩 연애만 하고 있다.

　그러니까 나는 두 사람의 연애에 혼자 즐거워하고 있는 거다.

별것도 아닌 일에 까르르 웃어 젖히고 별것도 아닌 일에 토라지고 그러고서도 대수롭잖게 마음을 푸는, 시시한 연애에 빠져 있는 거다. 참 큰일이다. 바지런하게 써 내려갈 생각은 않고《내 여자 친구의 귀여운 연애》를 다시 꺼내 읽고선 '아, 이 제목 진짜 내가 먼저 지었어야 하는 건데' 아쉬워나 하고 있으니 말이다.

# 안녕, 제임스

미국 아이오와대학교에서 가을 학기를 보낸 적이 있다. 30여 개국에서 시인과 소설가들이 모여 학교 안 호텔에서 지냈다. 일주일에 두 번씩 아이오와대학교의 학생들과 시민들을 위한 낭독회를 열었고 각종 세미나와 강연이 이어졌다.

그리고 밤이 되면 호텔의 커먼룸에서 파티를 열었다. 파티가 열리는 이유는 숱했다. 뉴질랜드의 위티가 새 소설을 출간해서, 핀란드의 티무가 문학상을 받아서, 파나마의 릴리가 춤을 추고 싶어 해서, 그리고 이집트의 니보가 심심해서 우리는 가차 없이 커먼룸에 모였다. 필리핀의 마크는 파티에 끼는 걸 좋아했지만 그보다는 방에서 한국 드라마를 보는 일이 더 재미있어서 잘 나오지 않았다. 나는 아시안 마켓에서 산 노래방 새우깡이나 맛동산 같은 과자를 들고 갔다.

아이오와의 교수 나타샤가 전화를 걸어왔다. 문예창작대학원에 재학 중인 한국계 미국인 소설가와 내 소설을 영어로 번역하는 컬래버레이션 작업을 함께 해 보라는 거였다. 반짝 눈이 뜨였다. 거절할 이유가 없는, 반가운 일이었다. 그래서 스물일곱 살 청년 제임스를 처음 만났다.

커피숍에 앉아 나를 기다리던 제임스는 반갑게 손을 흔들었다.

"헤이! 김 씨!"

제임스가 미스 김, 이라고 불렀더라도 아마 나는 난감했을 것이다. 그는 예의를 다해 나를 불렀을 뿐이었다.

"김 씨, 나 코리안 랭귀지 잘 못해요. 쏘뤼."

나는 괜찮다며 웃어 보였고 제임스는 나를 위해 커피를 주문했다.

"김 씨, 우리 영어로 말할까요?"

나는 손사래를 쳤다. 아니라고, 그냥 한국말로 하자고 대답했다. 나는 아이오와 생활 내내 영어에 지레 질려 있었다. 제임스를 만나는 일이 기뻤던 것도 한국말을 마음껏 할 수 있어서였는데. 어쨌거나 '김 씨'라고 불리는 일은 좀 우스워서 내 이름 연습을 좀 시켜 주었다. 쒸우리웅, 쒸뤼엉⋯⋯. 힘든 일이었지만 대충 비슷한 발음이 나오기 시작했다.

"서령, 나 반말해도 돼요? 존댓말 이즈 투 디피컬트해요."

"응응, 그래요. 반말해요."

"땡큐. 존댓말 이즈 쏘 머치 헷깍헷깍해."

헷깍헷깍? 나는 볼을 긁었다. 무슨 말일까.

"헷갈린다고?"

제임스가 기쁘게 고개를 끄덕였다. 나도 웃음이 터졌다.

"그래, 나도 영어가 너무 헷갈려."

편하게 말을 놓게 된 제임스는 기분이 좋아져서 분위기 괜찮은 펍에 나를 데려다주겠다고 했다.

"츕슈하고 비어를 마시러 가자."

"뭘 하고?"

"츕슈."

믿기 어렵겠지만 나는 제임스의 말을 알아들을 수 있었다. 그건 청소를 하고난 다음에 맥주를 마시러 가자는 말이었다.

"포우이트뤼 하는 피플들 가는 바가 있고 픽션 하는 피플들 가는 바가 있어. 우리는 픽션 피플 바로 가자."

"그래, 청소부터 하고 가자."

제임스가 헤벌쭉 웃었다.

"서령, 코리안 랭귀지 발음 엑설런트해."

나도 한마디 해 줬다.

"너도 영어 발음 엑설런트해."

말도 안 되게 해맑은 이 청년과 함께 내 소설을 번역하고 그걸 번역 워크숍 수업에서 발표를 해야 했다. 한숨도 나고 웃음도 났다. 결론만 말하자면 내 소설 고작 두 페이지를 영어로 번역하는 데 자그마치 6주가 걸렸다. 제임스는 시도 때도 없이 전화를 걸어왔고 이런 질문들을 했다.

"주인공이 멸치 똥을 왜 먹어? 멸치가 똥을 싸면 그걸 먹어?" 라거나 "한 이불을 덮는다는 게 무슨 말이야? 이불이 모자랐어?", 그런 것들이었다.

그럼 나는 "멸치 똥은…… 멸치 내장을 말하는 건데, 그래, 니들은 이해 못 할 거야. 그냥 그 문장은 빼자" 그렇게 소설을 잘라 내 버리거나 "한 이불을 덮는다는 건 같이 산다는 건데…… 결혼했다고 하면 돼", 하는 식이었다.

그래도 번역 워크숍 수업은 무사히 끝났고 컬래버레이션을 마쳤음에도 제임스와 나는 자주 만났다. 픽션 하는 피플들이 가는 바에도 종종 갔지만 막상 소설 쓰는 사람들은 만난 적이 없었다. 졸린 표정의 나이 든 주인이 뚱하게 앉아 있었을 뿐.

# 보라색 플라스틱 테이블

키테라스(Key Terrace)라는 이름의 두 동짜리 조그만 아파트에는 동양인이 오직 나뿐이었다. 약간 낡았고 소박한 색깔의 페인트가 발려 있었다. 아파트 정원에는 작은 수영장이 있었지만 키 작은 나는 들어갈 수 없을 만큼 깊었다. 수영을 할 줄 몰라서 나는 가끔 반바지를 입고서 발만 물에 담갔다. 대개 긴 여행을 떠나온 사람들이 몇 달씩 빌려 사는 아파트였다. 유럽에서 온 나이든 부부들이 대부분이었다.

발코니가 거실보다 넓었고, 남반구 호주의 브리즈번은 1년 내내 해가 반짝반짝 잘 드는 도시였지만 마음대로 빨래를 내다 널수는 없었다. 베갯잇이며 침대 시트를 빳빳하게 잘 말리고 싶었지만 어쩌다 한번 널 때면 대번에 관리인이 현관문을 두들겼다.

"빨래 널지 말랬잖아. 보기 안 좋다고. 제발 건조기를 사용하라고, 응?"

보통은 "응응, 미안해, 얼른 걷을게", 그렇게 대답했지만 어느 무렵인가부터 나는 몹시 짜증이 나기 시작했다. 그러니까 브리즈번에 온 지 1년이 다 되어 갈 무렵이었다.

가장 큰 이유는 순댓국이 먹고 싶어서였다. 그때만 해도 교민이 고작 500여 명 되었던 그 도시에는 몇 곳의 한국 식당이 있었지만 들큼하기만 한 떡볶이와 돼지기름 둥둥 뜬 멀건 김치찌개 따위나 팔 뿐이었다. 단무지 든 김밥보다 아보카도만 달랑 넣은

일본식 김밥을 더 좋아했던 나였지만 그때엔 단무지 넣은 김밥
도 없는 브리즈번이 볼품없게 느껴졌다. 냉면도 없고 족발도 없
는 이 도시에서 도대체 내가 무얼 하고 있나 생각하면 한없이 쓸
쓸해졌다. 하지만 돌아간들 아무도 나를 기다리지 않는 것만 같
았다. 돌아가고 싶지만, 돌아가서 더 외로워질까 나는 두려웠다.

관리인 몰래 나는 자꾸 빨래를 널었다. 노골적으로 그러기는
나도 무엇해, 커다란 화분 뒤에 건조대를 숨겨 놓고 수건과 속옷
을 널었다. 달리 화풀이를 할 곳이 없었다. 화가 난 관리인은 나
에게 벌금을 물리겠다고 으름장을 놓았다. 키테라스 아파트는
브리즈번의 참 예쁜 다리, 스토리브리지 바로 아래 있었다. 그래
서 스토리브리지가 찍힌 브리즈번 기념엽서를 보면 어김없이 보
인다. 정말 깨알만 해서 나만 알아볼 수 있지만 말이다.


나는 그곳에서 직장을 다니던 중이었다. 아침 9시까지만 출근
을 하면 되었다. 강변을 따라 느리게 걸어도 20분이면 닿을 수 있
었다. 그러니까 그건, 시간이 너무 많았다는 얘기다. 해가 잘 드
는 침실이라 새벽 5시면 눈을 떴다. 더 자고 싶어도 일어나서 선
크림 한번 발라 주고 도로 자야 할 것 같은 마음이 들 만큼 눈이
부셨다.

사실 퇴근을 하고 돌아와 저녁을 해 먹고 텔레비전 앞에 앉아

봐야 〈심슨〉 한 편 보고 나면 더 볼 것이 없었다. 볼륨을 잔뜩 올려놓고 집중을 해야만 알아들을 수 있는 그 나라의 프로그램들은 나를 금방 진 빠지게 했고 어느새 소파에 기대 곯아떨어졌다.

그러니 꼭 눈이 부시지 않았어도 새벽 5시에 일어날 만했다. 냉장고를 뒤적이면 닭가슴살이나 치즈가 있었다. 샌드위치를 만들어 먹고 또 도시락을 쌌다. 싱크대를 윤이 나도록 닦아도 여전히 이른 아침이었다.

조용한 집에 6인용 식탁은 사실 과분했다. 늘 한쪽 귀퉁이에 앉아 혼자 밥을 먹었다. 그러니 나머지 식탁 공간은 책상으로 쓸 수 있었다. 그럼에도 불구하고 나는 식탁이 마음에 들지 않았다. 노트북을 들고 소파 테이블로 옮겼다가 침대에 앉아 무릎에다 올려 두기도 했다. 소설이 안 써지는 게 모조리 적당한 책상이 없기 때문인 것만 같았다.

어처구니없게도 나는, 앉은뱅이책상이 갖고 싶었던 거다.

그걸 어디서 구하느냐는 말이다. 나는 매일매일 앉은뱅이책상을 탐냈다. 후배 녀석이 그런 나를 보고는 큰소리를 쳤다.

"나만 믿어. 내가 구해다 줄게."

나는 콧방귀를 뀌었다.

며칠 후 녀석이 초인종을 눌렀다. 낑낑대며 들고 온 보라색 테이블은 너무 커서 현관문을 겨우 통과했다.

"이걸 어디서 주워 온 거야, 도대체?"

해변 간이식당 앞에나 세워 둘 법한 플라스틱 테이블이었다.

"이건 앉은뱅이책상도 아니잖아."

"기다려 봐. 내가 알아서 해 줄 테니까."

녀석은 가방에서 톱을 꺼내 플라스틱 테이블의 다리를 자르기 시작했다. 처음 잘라 냈을 때에는 아직 높았고 다시 잘랐을 때에는 다리가 비뚤어 흔들거렸다. 나는 노트북을 가져와 테이블에 올려놓고 높이를 계속 지적했다.

"여전히 높아. 조금만 더."

톱질이 계속되었다.

"안 돼, 그렇게 많이 잘라 내면 무릎이 안 들어가."

다리 네 개를 대여섯 번씩 잘라 냈을 것이다. 엉성한 테이블을 물걸레로 여러 번 닦고 녀석은 테이블보까지 덮어 주었다. 소파를 조금 밀고 발코니 창 앞에 그걸 두었다. 텔레비전 옆에 무능하게 서 있기만 하던 스탠드도 끌어왔다. 크고 폭신한 방석까지 두고 앉아 보니 창 너머로 브리즈번 강이 한눈에 들어왔다. 뚱뚱한 새가 올라앉은 야자수 가지가 아래로 축 늘어졌고 강 건너편에서 주인과 산책을 나온 개가 강물로 뛰어들었다. 발코니에 놓인

올리브색 안락의자가 새삼 고요했다.

"마음에 들어, 이제?"

녀석이 물었지만 나는 그동안의 내 투정이 쑥스러워 그냥 샐
쭉거렸다.

"촌스러워."

"내가 나중에 돈 많이 벌면 누나한테 정말 멋진 책상 사 줄게.
그러니까 지금은 이렇게 대충 써."

그러면서 녀석은 가방을 또 주섬주섬 열어 술병을 하나 꺼냈
다. 글렌피딕이었다.

"이제 술 먹자. 보틀 숍에서 제일 비싼 거였어."

브리즈번에서 여섯 시간 떨어진 작은 도시에서 스쿠버다이빙
강사를 하며 번 돈으로 사 온 술이었다. 나는 헤벌쭉 웃으며 아
마 얼마 남지 않은 김치를 꺼내 볶거나 혹은 찌개를 끓였을 것이
다. 슈퍼마켓 폐점 시간에 맞추어 가면 스테이크용 고기를 싸게
살 수 있었다. 한 장씩 비닐 팩에 담아 냉동실에 넣어 두었던 것
을 꺼내 프라이팬에 올려 구웠는지도 모르겠다. 앉은뱅이책상을
만들어 주기 위해 여섯 시간을 달려온 녀석에게 내가 내어 줄 수
있는 것은 그런 것들이었다.

나는 그 보라색 플라스틱 테이블에서 단편소설 한 편을 완성
하고 문예지에 발표했지만 소설집을 내면서 결국 뺐다. 고쳐도
고쳐도 영 마음에 들지 않았다. 시간이 많이 흘러서 주인공의 이
름도 이제는 기억나지 않는다. 그렇게 그 소설은 나에게 사라진
소설이 되었다.

# 마감을 피하는 방법

문학 강연이 있어 작가 몇몇이 강원도로 함께 떠난 길이었다. 우리는 좀 쉬어 갈 겸 차를 세우고 어느 시골의 다방엘 들렀다. 숙다방이거나 약속다방이거나 백조다방쯤 되었을 거다. 오종종 모여 앉아 떠드는 와중에 전성태 소설가 혼자 멀찍이 떨어져 앉았다.

"어, 미안해. 내가 마감을 못 해서."

계간지 마감 날짜가 한참 지난 때였다. 그때 전성태 소설가가 공책을 폈는지 노트북을 폈는지는 이제 기억이 가물가물하지만 아무튼 그는 저만치 혼자 앉아 두 손으로 몇 번이나 머리통을 감싸 쥐었다. 우리는 가여운 그를 위해 목소리를 조금 낮추었다. 그런다고 원고가 술술 쓰일 리는 없었겠지만.

강원도 여행 내내 그의 담당 에디터는 전화를 걸어왔다. 전성태 소설가는 하도 미안해 일단 마흔 장을 보내고 이틀 후 스무 장을 더 보내고 그다음 날 열 장을 더 보내는 식으로 에디터를 기함하게 만들었다. 그러고도 끝을 맺지 못해 발을 동동 굴렀다.

글밥을 먹고 사는 사람이라면 누구나 몇 번쯤은 마감 날짜를 지키지 못해 안달한 경험이 있을 테다. 나도 다르지 않아서 마감일이 지나면 휴대전화가 제일 무서웠다. 공연히 이불 속에 파묻기도 하고 차마 전원을 꺼 놓는 짓까지는 하지 못해 언제쯤 에디터의 독촉 메시지가 오려나 쏘아보기만 했다.

"마감 때 도망가는 좋은 방법이 하나 있기는 해. 알려 줄까?"

아직 더 써야 할 열 장이 남아 있는 전성태 소설가가 나에게 팁 따위를 알려 줄 형편은 아니었지만 나는 끄덕였다.

"먼저 아주아주 공손하게 사과는 해야. 늦어서 미안하다, 정말 미안하다, 내일까지는 꼭 주겠다. 그런 다음에 약속한 시간에 메일을 보내는 거야. '늦게 보내서 죄송합니다. 저는 이제 마감을 했으니 며칠 여행을 떠날 예정이에요. 수고 많으셨습니다.' 그렇게 말야."

나는 좀 어리둥절해져서 물었다.

"그게 뭐예요? 원고를 안 썼는데 무슨?"

"첨부 파일을 안 보내는 거지."

나는 까르르 웃어 버렸다. 그러니까 마치 실수인 양 첨부 파일 없이 메일만 달랑 보낸다는 소리였다.

"그럼 에디터가 막 전화를 할 거 아냐. 첨부 파일 없다고. 하지만 나로선 별수 없잖아. 이미 책상을 떠나 여행을 갔으니까. '정말 죄송합니다. 돌아가는 대로 파일을 보내겠습니다', 하고 며칠을 더 버는 거야. 끝내주지?"

"그럼 이번에도 그러지 그랬어요?"

그는 슬픈 표정을 지었다.

"너무 많이 써먹었어. 이젠 안 통해."

알고 보니 숱한 작가들이 써먹고 있는 방법이었다. 언젠가 극장에서 마주친 한 소설가도 나에게 신신당부를 했다.

"나 여기서 봤다 그러면 안 돼. 첨부 파일 안 보내고 숨어 지내는 중이란 말야."

"커피 사 주면 비밀 지켜 주고."

그렇게 나는 라테 한 잔을 공짜로 얻어 마셨다.


나는 가끔 손이 더딘 소설가들의 긴 등을 떠올려 보곤 한다. 아주 가는 바늘을 들고 천천히 한 코씩 레이스를 짜고 있는 그들의 긴 등. 레이스는 점점 고와지고 점점 넓어져 어느새 그들의 무릎을 덮고, 그러면 나는 그 손놀림을 온종일 쳐다보아도 질리지 않을 것 같았다. 그들이 만드는 아련한 세상 속 주인공들은 온통 해맑고 귀엽고, 또 슬프고 통렬하겠지. 그러니 나는, 나의 동료들을 사랑할 수밖에.

누군가의 결혼식장에서 전성태 소설가와 우연히 마주쳤다. 그와 똑같이 생긴, 미니어처 같은 아들이 곁에 있었다. 급한 마음에 지갑을 열어 만 원짜리 두어 장을 꺼내 아이의 주머니에 아무렇게나 넣어 주었다. 며칠 후 그는 책 한 권을 보내왔다. "고마워. 아이에게 준 돈은 통장을 만들어 입금해 두었단다. 꼭 좋은 일을 위해 쓸게"라는 편지와 함께였다.

꼬마들을 대하는 방법을 잘 몰라 과자나 사 먹으라며 대충 찔러 준 돈에 그런 편지가 와서 나는 꽤나 당황했다. 막 자란 여자가 된 것 같아서 혼자 얼굴이 붉어졌고 나중에 아이를 낳게 되면 나도 저렇게 우아하게 인사를 전하는 엄마가 되어야지, 라는 생각도 했다.

시간이 흘러 이제 엄마가 되었지만 아직 내 아기는 어딜 가서 용돈을 받아 올 만큼 자라지는 않았고, 설사 그런 날이 온다 해도 "넌 어리니까 엄마가 맡아 줄게" 하고 슬그머니 가로채 버리는, 그런 경박한 엄마가 될 것 같은 예감이다.

# 몽골리안 텐트

어찌어찌하다 보니 작가들과 만나는 자리에 통 나가질 않았다.

그나마 가장 가까웠던 소설가 친구가 앙카라로 오래 떠난다고 전화를 걸어왔고 또 시인 친구가 베를린으로 떠날 때 전화를 걸어왔다. 앙카라로 가는 친구에게는 그곳이 정말 지내기 좋은 곳이라면 나도 내년쯤 갈 테니 꼭 편지를 보내라고 인사를 했고, 시인 친구에게는 베를린의 맛있는 식당과 책 읽기 좋은 서점과 카페를 알려 주는 것으로 인사를 대신했다. 내가 먼저 누군가에게 연락을 넣어 본 일이, 기억나지 않는다. 아마 거의 없었을 것이다.

아주 가끔 그 소설가 친구와 시인 친구가 그리울 때가 있는데, 나는 그럴 때면 아주 오래된 잡지 한 권을 들추었다. 그 잡지에는 시인 친구가 문학상을 받을 때 내가 썼던 산문이 실려 있다. 그러니까 문학상을 받은 시인에게 보내는 축하와 추억, 그런 것들이 버무려진 것이다. 그 글 속에는 한 시절 내내 붙어 다녔던 동갑내기 우리의 이야기가 들어 있다. 걸핏하면 셋이 모여 고등어구이 한 접시 시켜 놓고 종알종알 떠들던 시절이었다.

"이제는 아무도 활자 따위 거들떠보지 않을 거야. 그래서 가끔 외로워."

내가 투정을 부리면 시인 친구가 말했다.

"서령아. 문학은 소비되는 것이 아니야. 소화되는 거지."

"이런 바보가 있나. 외롭자고 소설을 쓰는 거야. 외로우니까 소설을 쓰는 거고. 외로워야만 더 깊어지는 거고."

소설가 친구가 그런 말을 하기도 했다. 우리는 착한 문학청년 들처럼 굴었다. 나는 그들의 위로가 듣기 좋아서 자꾸 투정을 부렸다.

어느 날은 허수경 시인의 시 한 대목이 떠올랐는데 도무지 제목이 기억나지 않았다.

"그거 있잖아. 붉은 텔레비전……. 적막 속에서 붉은 텔레비전을 보는…….'

시인 친구는 제목을 바로 떠올렸지만 전문을 다 기억할 순 없어서 친구에게 전화를 걸었다. 그 시를 찾아 달라고. 그러고는 전화를 귀에 대고 시를 받아 적었다. 우리는 고등어를 발라 먹으며 그가 읽어 주는 시를 들었다. 허수경의 〈몽골리안 텐트〉였다. 오늘따라 이 시가 절절한 건, 아마 그들이 참 그립기 때문일 거다.

숨죽여 기다린다

숨죽여, 이제 너에게마저
내가 너를 기다리고 있다는 기척을 내지 않을 것이다
버림받은 마음으로 흐느끼던 날들이 지나가고

겹겹한 산에

물 흐른다


그 안에 한 사람, 적막처럼 앉아

붉은 텔레비전을 본다

• 〈몽골리안 텐트〉 원문: 허수경, 《내 영혼은 오래 되었으나》, 창비, 2001

## 지은이

열일곱 살이었다. 첫 시험인지 두 번째 시험인지가 끝난 무렵 야간 자율 학습 시간이었을 거다. 나는 담임에게 불려 갔다. 아주 오래 교무실에 서서 욕을 먹었다. 꽤나 모범생 시절을 지내다 고등학교에 진학을 한 터라 난생처음 겪는 일인 데다 담임이 어찌나 모질게 닦달을 하던지 나는 단 한마디 대꾸도 못 하고 눈물만 뚝뚝 떨어뜨렸다.

아무것도 나아질 것 같지 않았고 그 차가운 학교에 도무지 적응을 하게 될 것 같지 않았다. 다 무섭고 겁이 나던 시절이었다. 그러고는 교실로 돌아왔다. 낯설고 서러웠다.

다음 날 학교에 와서 사물함을 열었을 때 딱지 모양으로 접힌 편지가 한 장 있었다. 누구지. 편지는 길었다. 아름다운 글씨였다. 나는 죽을 때까지 그 편지의 문장들을 잊지 못할 거라 생각했다. 눈물이 날 때마다 그 편지를 다시 읽었고 다 외웠다. 하지만 시간이 너무 많이 흘렀다. 이제 다 잊었다. 내가 그 밤, 교무실에서 아무 말 못 하고 눈물만 떨어뜨리고 섰을 때 조금 떨어진 자리에서 나를 쳐다보고 있던 얼굴. 국어 선생님이 쓴 편지였다.

그때 국어 선생님은 1학년 우리를 가르치던 분도 아니었다. 나중에 내게 말했다.

"네 이름을 들어서 알고 있었는데. 아, 저 애가 서령이구나, 했는데. 한마디 말도 안 하고 가만히 서서 울기만 하는데 그게 얼마

나 가슴이 아프던지. 저애는 왜 털어놓지도 못하고 저렇게 울기
만 하나 싶어서, 그게 참 마음이 아파서."

아아, 나는 왜 그 문장들이 기억이 안 날까. 선생님 글씨도 다
떠오르는데. 그 편지는 어디로 사라졌을까.

2학년이 되고 우리 국어 선생님이 되었을 때 선생님은 수업
시간이면 아들 이야기를 종종 해 주었다. 이름이 '지을'이었다.
장지을.

"여기서 지을이의 ㄹ은 관형사형 어미야. 그러니까 지을 이,
자기만의 세상을 지으라는, 그런 의미야."

나는 지을이, 장지을, 그 이름이 세상에서 가장 아름다운 이름
이라 생각했다.

나중에 나는 〈거짓말〉이라는 내 단편소설에 지을이의 이름을
빌려 썼다. 성도 그대로 가져와 아이의 이름은 장지을이었다. 그
소설을 쓰면서 선생님 생각을 참 많이 했다. 걸핏하면 눈물 뚝뚝
짜는 나를, 내 이야기를 다 들어 주었던 사람.

어느 밤, 페이스북을 들락거리다가 누군가의 타임라인을 타고
나에게까지 날아온 선생님의 포스팅을 보았다. 천천히 읽었다.
먹먹했다. 댓글로 인사를 남기는 것, 그런 일이 어울릴 것 같지
같았다.

심심할 때 가끔 구글에서 아들 이름을 검색해 보곤 했다.

아들 이름은 장지을.

뭔가 짓는 사람이 되라고 지은 이름이다. 눈에 보이는 것이든, 안 보이는 것이든. 장지을이라고 검색하면 재미있는 글들이 뜬다.

"돔구장 지을 돈이 없냐?"

"장지을 마련하지 못해서……"('장지를'의 오타인 듯)

"화장장 지을 돈으로……"

그러다가 어느 날, '지을'이라는 대여섯 살 된 아이가 등장하는 소설을 발견했다. 작가는 김서령. 순간 눈물이 핑 돈다. 지을이가 대여섯 살 때, 수업하면서 아들 이야기를 가끔 했던 것 같다.

오래전 늦가을, 밤늦은 시각이었던 걸로 기억한다. 서령이 집 앞의 어느 초등학교 교정, 한쪽 구석 벤치에 둘이 앉아 있었던 것 같다. 마지막 낙엽들이 흩날리고 있었다.

"그래도 졸업은 해야 하지 않겠냐?"

내가 이렇게 말했던 것 같다. 그때 바람이 제법 세게 불었을 것이다. 세월이 흘러 여기까지 왔다.

그렇게 다시 만나게 된 이후 선생님은 종종 토종닭 달걀을 내게 보내 주었다. 퇴직을 하고 이제 농사를 짓고 닭을 키우는 선생님은 한 알 한 알마다 연필로 달걀을 꺼낸 날짜를 적어 주었고, 나는 가장 최근 날짜의 달걀을 골라 뜨거운 흰밥 위에 한 알 깨넣고 비벼 먹었다. 하마터면 졸업도 못 할 뻔했던 말썽꾼 나는 이제 그 서러웠던 열일곱 살을 떠올리며 키득키득 웃을 줄도 안다. 그런 나이가 된 거다.

나는 잘 웃는 사람.
그래서 슬픈 걸 잘 들키지 않는 사람.
미련도 잘 들키지 않는 사람.
당신도 그렇겠지만.

## PART 4

풋,
웃어도 좋겠지

## 이모들

H 언니는 내 첫 산문집 《우리에겐 일요일이 필요해》에서도 자주 등장한다. 나이는 나보다 세 살이나 많지만 우리는 십년지기 친구로 더할 나위 없이 가깝게 지내 왔다. H 언니가 없었다면 아마 내 산문집은 그냥저냥 재미없는 책이 되고 말았을 것이다.

J 역시 그 책에 아주 많이 등장했다. 나이는 나보다 세 살이 어리다. 그러니까 나보다 세 살 많은 H 언니와 세 살 어린 J는 나와 가장 가까운 사람들이다.

"나 K시로 이사 갈까 봐."

내가 말했을 때 H 언니는 얼굴을 잔뜩 찌푸렸다.

"거긴 너무 멀어. 양재동 낙짓집도 못 가고 강남역 유니클로도 못 가."

아니라고, 지하철역이 바로 앞이라서 강남역까지 한 시간도 안 걸린다고 내가 말했지만 언니는 잘 믿지 않았다. 진짜라니까! 언니는 콧방귀만 뀌었다. 집을 보러 K시에 가겠다고 하자 H 언니가 나들이 삼아 따라나섰다.

40대가 되면 시골 저 깊숙한 곳에다 주택을 짓고 살 거라던 내 바람은, 아기를 키우게 되면서 모조리 취소되었다. 무엇보다 중요한 건 걸어서 바래다줄 수 있는 어린이집이었고 여차하면 아기를 안고 뛸 수 있는 소아과도 곁에 있어야 했다. 도로를 건너지 않고 초등학교를 다닐 수 있다면야 더 바랄 것이 없었다. 그러니 단지 안에 어린이집이 네 곳이나 있고 초등학교도 있는 K시의 그 아파트 단지는 나로서는 최선의 선택이었다.

층간 소음의 가해자가 되고 싶진 않으니 필로티가 있는 2층이 필요했고 또 해가 잘 들어오는 남향집이어야 했다. 물론 그런 집은 잘 나오지 않았다. 나는 뚱해졌지만 H 언니의 눈이 반짝였다.

"나 여기 마음에 들어."

"왜?"

"어린이집도 있고 학교도 있잖아."

"결혼도 안 했고 애도 없는 사람이 왜 이래?"

"몰라. 그런데 마음에 들어."


H 언니는 나보다 먼저 K시의 아파트를 계약했다. 곧 나도 뒤따랐다. 어쩌다 보니 옆 동이었다. 우리는 그만 신이 났다.

"이제 쓰레빠 질질 끌고 둘이서 동네 투다리도 갈 수 있는 거지?"

"우리 집 창문으로 보면 언니네 집이 다 보여."

"늘그막에 니네 딸 크는 거나 보면서 살아야겠네."

"응, 우리 딸이 언니한테 효도할지도 몰라."

"그럴 리가."

H 언니와 내가 같은 아파트를 계약했다는 걸 알게 된 J가 전화를 걸어왔다.

"그 동네 전세 좀 알아봐 줘."

"왜?"

"나도 갈래."

친구들끼리 똑같은 액세서리를 산다거나 똑같은 구두를 마련할 수는 있겠지만 집까지 그렇게 고른다는 건 말도 안 되는 일이라는 생각이 들었다. 하지만 너무 신이 나서 나는 냉큼 부동산 전화번호를 알려 주었다. J는 금세 계약을 했고 우리는 곧 한동네에 모여 살게 되었다. J가 계약한 집은 내 맞은편 동이었다.

내가 제일 먼저 이사를 했다. 2,000세대가 넘는 대단지 아파트였지만 달랑 아파트만 있었다. 상가 건물들은 이제 막 짓는 중이었고 길도 덜 닦였다. 단지 내에 GS슈퍼마켓도 들어오고 굽네치킨도 들어온다더니 감감무소식이었다. 그러다 보니 바깥 커피가 그렇게나 그리웠다. 뚜레주르 빵집이 문을 열던 날에는 그야말로 야단법석이 났다. 빵집 사장은 쉼 없이 빵을 구웠지만 길게 줄을 선 입주민들로 순식간에 동이 났다. 입주민들이 만든 커뮤니티 카페에는 질문 글이 계속 올라왔다.

"6단지 사시는 분들, 죄송한데 창밖 좀 내다봐 주실래요? 아직 뚜레주르 줄 긴가요?"

나도 지나가던 길에 빵집을 들여다보았지만 진열대에 빵은 단 한 개도 남아 있지 않았다.

수요일과 일요일 밤이 되면 이런 글도 올라왔다.

"3단지 분들, 주희네곱창 왔나요?"

주희네곱창은 푸드 트럭이었다. 3단지에 사는 나는 창밖을 내다보았다. 정말 주희네곱창 푸드 트럭에서 파는 곱창볶음이 맛있어서인지 그냥 푸드 트럭이 그뿐이라 그런 건지는 모르겠지만 입주민 중 주희네곱창을 안 먹어 본 사람은 나뿐인 듯했다.

재한스버거라는 푸드 트럭이 처음 오던 날은 더했다. 오후 5시에 장사 준비를 하기 시작한 재한스버거는 6시가 되자 햄버거를 다 팔고 장사를 접어야 했다. 딱 한 시간 동안 햄버거 100개를 다 팔아 치운 거였다. 일주일에 한 번씩 오기로 했다는 재한스버거는 그다음 주부터 햄버거를 300개씩 준비했다.

두 번째로 이사를 온 건 H 언니였다.

언니가 이사를 오던 날은 나도 덩달아 바빴다. 종종종 옆 동으로 뛰어가 보니 아주머니 두 분이 부엌 짐을 챙겨 넣고 있었고 아저씨들은 사다리차에서 짐을 내리고 있었다. 이른 아침부터 분주하게 서둘렀던 H 언니의 볼이 발갛게 달아 있었다. 김치냉장고도 제자리를 찾고 TV도 거실장 위에 잘 앉았다.

아이고, 허리야. 아이고, 어깨야. H 언니는 잔뜩 엄살을 부리며 의자에 몸을 부렸다. 아카시아 나무를 잘라 만든 긴 식탁은 아무리 봐도 예뻤다. 언니는 식탁 위에 널려 있던 맥주 한 캔을 집었다. 꿀꺽꿀꺽, 맥주 넘어가는 소리에 아주머니 한 분이 웃어서 나는 맥주를 건넸다.

"드시면서 하세요."

"아유, 그래도 되나?"

아주머니는 냉큼 맥주 캔을 땄다. 소파를 옮기던 이삿짐센터 사장 남자가 H 언니에게 농을 던졌다.

"어허, 사모님! 그러다 사장님한테 쫓겨납니다!"

H 언니는 심드렁하게 대꾸했다.

"왜 쫓겨나요?"

"남편이 죽도록 일해서 벌어 오는 돈으로 대낮부터 맥주를 마시는데 쫓겨나야죠! 요즘 아줌마들 진짜 큰일이야!"

H 언니는 그런 소리를 숱하게 들어 온 처지라 발끈하지도 않는다.

"쫓아낼 남편이 없어서 괜찮아요."

그렇게 대답할 뿐이었다.

그래도 남자는 세가 무례한 줄도 모르고 계속 떠들었다.

"결혼 못 했어요? 왜요? 멀쩡하신데?"

그럴 땐 대답할 말도 없다.

"안 멀쩡해요."

그냥 그러고 말 뿐.

H 언니가 싱글이라는 것을 알아도 남자는 언니를 부를 마땅한 호칭을 찾지 못해 계속 사모님, 사모님 불렀다. 남자가 시답잖은 소리를 자꾸 해서 뿔이 난 내가 한마디 하려 했지만 언니가 나에게 속살거렸다.

"이따 간짜장 시켜 먹자. 이삿날이잖아."

J마저 이사를 오던 날, 입주민센터 직원은 깜짝 놀란 얼굴을 했다.

"정말 친구들끼리 여기에 모여 사는 거예요? 남편들 직장도 다 가까운가 봐요?"

"남편을 아직 못 찾아서요."

J 역시 그런 대답을 잘도 했다.

친구들과 옆 동에 산다는 건 내가 생각한 것보다 훨씬 즐거운 일이었다. 토요일이면 멸치국수를 끓여 H 언니를 불러낼 수도 있고, 재활용 쓰레기를 버리러 나갔다가 J와 덜컥 마주칠 수도 있고, 깜박 잊고 보일러를 안 끄고 출근을 한 H 언니가 나에게 전화를 걸어 보일러 좀 끄고 오라 시킬 수도 있고, 목욕도 같이 갈 수 있고, 인터넷TV로 영화를 보다가 우리 집 거실에서 그냥 쓰러져 잠들어도 되었다. J가 여행을 떠날 때면 나는 고양이를 대신 봐주었다.

무엇보다 H 언니와 J는 내 딸을 번쩍번쩍 잘도 안아 주었다. 엄마 아빠밖에 할 줄 모르던 아가가 그래서 그다음으로 배운 단어는 '이모'였다. 나중에 아가는 나에게 이런 말을 하게 될지도 모른다.

"엄마, H 이모랑 J 이모랑 거기 살 때 난 진짜 행복했어."

# 단골 목욕탕

내 단골 목욕탕은 폐업 직전이다. 어마어마하게 큰 이 목욕탕은 한 시절 건물 네 개 층을 모두 사용했다. 1층은 목욕탕이고 나머지 층들은 찜질방이었다.

불경기 끝에 이제는 간판만 겨우 덜렁거리며 목욕탕만 운영을 하고 있다. 팔리기만 한다면 언제고 문을 닫을 기세다.

그런 괴괴한 곳에 굳이 다니는 이유는 때밀이 아줌마 두 분 때문이다. 일본 국숫집 주방장처럼 수건을 야무지게 머리에 동여맨 아줌마는 마지막 마사지를 끝내주게 잘했고 언제나 빨간 브래지어와 팬티만 입는 아줌마는 오이팩을 공짜로 해 주었다.

나는 그곳에서 참 별의별 이야기를 다 들었다.

화정식당 아저씨가 바람이 난 건 이미 이태 전부터였고 박 집사네 둘째 아들은 실직을 하고서도 그걸 숨긴 채 대출을 받아 아내에게 월급인 양 가져다주었고 장호 엄마는 사실 국졸이었다. 나는 아줌마들의 이야기를 까먹지 않으려고 눈을 감고 되뇌었다. 꼭 소설에 써먹어야지 생각했다.

수건을 동여맨 아줌마가 옆 침대에 누웠던 뚱뚱한 할머니의 등을 잡고 일으켰다.

"자, 수고하셨어요. 다음에 또 오시고요."

할머니가 아쉬운 소리를 했다.

"어깨 좀 더 두들겨 주지."

아줌마가 타박을 했다.

"아이고, 2만 원으로 무슨 호강을 그렇게 하시려고요!"

나는 들키지 않게 킬킬 웃었다. 그러게, 2만 원으로 이렇게 재
미난 이야기 담뿍 들었으면 됐지. 빨간 브래지어 아줌마가 내 좁
은 등을 시원하게도 밀어 주고 있었다.

# 수야 엄마

나에게는 오래전 참 친한 친구가 하나 있었다. 내가 스물일곱 살이었나, 하던 옛날 얘기다.

일찍 결혼한 친구는 네 살 아이를 데리고 남편과 함께 돼지갈 빗집을 했다. 아이를 맡길 데가 없으니 온돌방으로 꾸며진 식당 한켠에 조그만 전기방석 하나를 깔고 장난감이랑 과자 한 봉지 쥐여 준 채 재우고 그랬다. 가끔 놀러 가면 한구석에서 그렇게 잠든 녀석이 참 안쓰럽기도 하고 그랬다.

네 살 그 녀석은 참 잔망스럽게도 이 가게 저 가게 동네를 돌아다니며 참견도 하고 그랬다. 옆집 커피숍에 들러선 문 빼꼼히 열고 주인에게 "이모야, 오늘 장사 좀 했나?" 묻기도 하고 공짜로 아이스크림도 얻어 왔다. 식당 금고에 손을 대다 제 아빠에게 잔뜩 궁둥이를 맞은 후엔 친구 남편이 금고 대신 나무 돈통을 만들었다. 잔돈만 빼고 지폐는 자물쇠 달린 돈통에다 넣기 시작한 거였다. 요 녀석, 젓가락에다 본드를 발라 구멍으로 지폐를 꺼낼 줄은 생각도 못 하고 말이다.

식당은 밤 11시가 되어야 마감을 시작했고 뒷정리를 끝내고 나면 12시 반, 1시였다.

"우리 어디 가서 술 한잔 하자. 스트레스 받아 죽겠다."

친구의 말에 나는 주섬주섬 따라나섰다.

"니네 가게에 술도 있고 고기도 있는데 뭐 하러 돈 주고 딴 데를 가?"

"지랄한다, 가시나. 장사해 봐라. 내가 술 꺼내 묵고 내가 안주 만들고 하는 게 제일 싫다. 나도 남이 채려 주는 거 먹을란다."

그러면 우리는 조개구잇집엘 갔다. 친구는 잠든 아이를 들쳐 업고 택시를 탔다. 조개구잇집 의자가 편할 리 없어서 좁다란 벽 쪽 붙박이 긴 의자에 아이를 누인 뒤 친구는 재킷을 벗어 아이를 덮어 주었다. 소주 한 잔 한 잔 들어갈 때마다 그녀는 한숨도 쉬었고 때로 울기도 했고 욕도 했다.

"그 새끼가 그래 쫄랐다 아이가. 잠깐만 쉬었다 가자고. 내 스물한 살 때. 내 그 여관 이름 아직도 기억난다. 나도 알긴 알았지. 그게 무슨 말인지. 속았다는 게 아이라 괘씸하잖아. 지랑 내랑 아홉 살 차이 아이가. 지도 양심이 있으면 그래 어린 가시나는 건드리지 말아야지. 안 그나? 이기 뭐꼬, 사는 게 힘들어 죽겠다. 내보다 공부 몬하던 가시나들도 지금 다들 잘 사는데."

네 살 아이는 종종 뒤척였고 그럴 때마다 옆 테이블에 앉은 남자들이 미간을 찌푸렸다.

"그래도 니도 알겠지만 우리 수야 아빠가 잘생겼다 아이가. 내 솔직히 그거 하나 땜에 산다. 그냥 보면 흐뭇한 기라. 아, 저 남자가 내 남편이구나, 하면 기분도 좋고. 옛날에 회사 댕길 때 가시"

나들이 수야 아빠만 보면 환장했었다."

나는 친구의 남편이 그다지 잘생긴 얼굴이라 생각하지 않았지만 끄덕끄덕 동의해 주었다. 그렇게 둘이서 소주 두 병쯤 비우고 친구는 다시 아이를 들쳐 업었다. 택시를 타고 돌아오는 길에 친구는 멀리 보이는 모텔 간판을 가리키며 막 소리를 쳤다.

"저기다! 저기 아이가, 수야 아빠가 내 끌고 갔던 데. 미친 새끼, 잠깐 쉬었다 가자고 해 놓고서는."

그 수야가 벌써 대학생이 된단다.
징글징글할 정도로 아빠랑 똑같이 자랐다.

그 시절, 내 친구는 아이를 들쳐 업은 채 나와 같이 조개구잇집에서 소주를 마시지 않았다면 그때의 강물을 어찌 건넜을까. 새벽의 조개구잇집에 아이를 뉘어 놓고 엉덩이 토닥토닥 두들겨주며 차가운 소주 한잔 들이켜는 시간마저 없었다면. 다들 견디고, 지키고, 도닥이는 시간인 것을.

# 할아버지 할머니는 육아 중

**72세, 내 아버지는 육아 중.**

현석이랑 현서 유치원 데려다주고 나면 집에 와서 아침을 먹어. 청소야 그 전에 다 하지. 집에 있어 봐야 니 엄마랑 맨날 싸우기만 하고. 근데 우리 친구들도 다 똑같잖아. 그래서 우리 짤통 친구 중에 하나가(짤통이란, '짤린 통장'들의 모임이다) 건물을 하나 가지고 있는데 이게 세가 안 나가서 비었거든. 그래서 "야, 우리가 월세 조금씩 줄게, 그거 우리 다오" 했지. 거기서 노는 거야. 바둑도 두고 장기도 두고. 고스톱 치는 사람도 있지만 난 고스톱은 영 별로라 안 해.

아니, 거기서 노는 사람들은 짤통 모임이 아니고 철심회. 뭐겠어, 그게? 포철을 사랑하는 사람들 모임이지.(아버지는 포항제철 정년퇴직자다.) 우리가 노인정을 어떻게 가냐? 거긴 동네 어르신들 다 계신데. 우리 가면 젊은 사람들 왔다고 부담스러워나 하지. 집에 와서 점심 먹어 봐야 니네 엄마 반찬 빡하고 그러니까 그 앞에 식당 가서 같이들 된장찌개도 먹고 그래. 애들이 용돈 주면 "철심회 사람들 오면 밥값 이걸로 계산해 주세요" 하고 한 번씩 돌아가면서 맡겨 둬. 5만 원도 좋고 가끔은 10만 원도 좋고. 돈 있는 친구들은 20만 원 낼 때도 있어. 거기 밥값이 5,000원씩이거든. 그럼 다섯 명이 가서 먹기도 하고 열 명이 가기도 하고.

그러다가 연습장 가서 공 잠깐 치다가 현석이랑 현서 데리러 가면, 이것들이 막 차에서 소리도 질러. "하부지! 과자 안 갖고 왔어?" 막 그래. 데리고 와서 놀이터 한번 가고 운동화 빨아 주고. 유치원 놀이터에서 놀다 보면 운동화가 야, 말도 마라, 모래 천지야. 빨아야 돼.

## 71세, 내 어머니는 육아 중.

우리 현석이가 나보고 뭐라 부르는 줄 아나? 화딱지 할머니, 화딱지 할머니, 그래. 내가 맨날 "니들 땜에 내가 아주 화딱지가 나서 죽겠다!" 그러니까 날 보고 화딱지 할머니라 그러지. 현서는 화딱지가 잘 안 돼서 "호딱지 할머니, 호딱지 할머니" 그래. 얼마나 이쁜지 아나? 꺄르르르 꺄르르르 웃으면서 호딱지 할머니 호딱지 할머니 해.

야들은 고기가 없으면 밥을 안 먹어. "할머니, 고기 없어? 고기 안 줘?" 아, 맨날 그래. 가자미를 제일 잘 먹어. 아침마다 가자미 큰 거 한 마리를 둘이 홀뜨락 다 먹어. 야, 내가 그래서 한 달에 가자미 30마리를 굽는다. 니, 가자미 30마리가 얼마나 많은지 알기나 하나? 고기가 없으면 먹지를 않아요. 참말로 기가 차서. 내가 야들 멕이려고 새벽 시장 가서 가자미를 한 상자씩 사 와서 일일

이 씻고 다듬고 녹찻물에 담갔다가…… 녹찻물에 담가 놔야 비린
내가 안 나. 그래갖고 옥상에다 널어 놔. 꼬득꼬득하게 말라야 야
들이 좋아해. 덜 말린 건 싫대. 지들도 입맛이라는 게 다 있어.

차를 타면 노래를 틀어 달라 하는데, 지가 제일 좋아하는 노래
가 19번이야. 근데 19를 읽을 줄 몰라. 그래서 뭐라는 줄 아나?
"할머니, 왼쪽에 1, 오른쪽에 9 틀어 줘." 아이구야, 그게 여섯 살
인데 아직 지 이름도 쓸 줄 몰라요.

야가 뭔 소리를 하나? 요즘 애들은 여섯 살이면 글을 줄줄줄줄
읽어요. 모르면 가만히나 있지, 뭔 말이 이래 많나. 이 드런 년은
지 새끼 아니라고 뭐든 몰라도 된대.

# 열일곱 살, 작문 시간

고등학교 1학년 작문 시간이었다. 유일한 총각이던 국어 선생님은 칠판에다 '나를 슬프게 하는 것들'이란 제목을 내어 주었다. 매일 서럽고 매일 애달팠던 열일곱 살 나는 그 제목만으로도 콧등이 시큰해져선 책상에 코 박고 엎드려선 질질 울며 한 시간 동안 글을 썼다.

그때의 나는 그리운 사람들이 참 많았는데, 그들의 이야기를 한 줄 한 줄 써 내려갔다. 그때 내가 그리워했던 얼굴들 중 하나는 중학교 시절의 국어 선생님이었는데, 나는 작문 노트에다 이렇게 썼다.

아침마다 술 취한 얼굴로 교실에 들어와 나에게 노란 주전자를 흔들며 물 떠오라 시켰던 국어 선생님의 심부름 소리를 다시 들을 수 없는 것이 슬프다.

또 잔꽃무늬 갈색 원피스 자락을 살랑살랑 흔들며 가끔은 나훈아의 〈무시로〉를 수업 시간에 불러 주던 국사 선생님을 다시 보지 못한다는 게 슬프다고도 썼고, 경상도 토박이들이 하나도 없는 사택 단지에서 자라 사투리를 못 쓰던 나를 붙잡고 앉아 하나하나 가르치던 친구가 그리워서 몹시 슬프다고도 썼다.

　야간 자율 학습을 하다가 슬그머니 기어 나와선 복도에 있던 공중전화를 집어 들었다. 잔꽃무늬 원피스의 국사 선생님은 내 하소연을 참 지겹게도 들어 주었다.


선생님　또 우나.

나　　　(훌쩍훌쩍)

선생님　와. 슨생님한테 혼났나.

나　　　아뇨.

선생님　근데, 와.

나　　　그냥요.

선생님　서럽나.

나　　　(훌쩍훌쩍)

선생님　쫌만 있으면 개안아진다. 울지 마라.

나　　　전학 가고 싶어요.

선생님　학교 간 지 얼마 안 돼가 그란 기야. 쪼매 있어 바.

나　　　여기 싫어요.

선생님　낯설어서 안 그카나.

나　　　엄마한테 말해 주세요. 나 전학 보내라고.

선생님　내 느그 엄마한테 죽는다.

나　　　(훌쩍훌쩍)

선생님  내일 니 보러 가께. 저녁 때 학교 앞으로 나온나.

나      (훌쩍훌쩍)

선생님  가시나, 마 사람 마음 안 좋게 자꾸 울어 쌓노.


말도 안 되는 이런 날들의 연속이었다. 사춘기도 어지간히 요란스레 앓고 있었다. 아마도 더웠던 날, 주눅 든 얼굴로 복도를 걷던 나를 총각 국어 선생님이 불러 세웠다. 선생님은 창틀에 기대서서 나를 보며 부드럽게 웃었다.

"그래서, 슬펐어?"

나는 말가니 섰다.

"나도 그럼 술 마시고 수업 들어가서 너한테 물 떠 오라 시킬까?"

대답도 못 하고 여전히 말가니.

"아니면, 〈무시로〉 불러 줄까?"

눈물이 날 것만 같았는데, 아직 총각 국어 선생님이 낯설어서 그럴 수는 없었다.

"어떡하지? 나는 그 글 읽으니까 막 질투가 나던데."

아마 나는 아무 대답도 하지 못했을 거다. 쭈뼛쭈뼛거리며 교실로 돌아왔겠지.

어마어마한 시간이 지난 일들이다. 그래도 잊지 못할 일들이다. 나에게는 한 장의 스냅사진처럼 남은 기억들이다.

잔꽃무늬 갈색 원피스를 입고 무시로를 불러 주던 국사 선생님과는 가끔씩 만나 술을 퍼먹고 둘 다 필름이 끊기곤 한다.(담배는 왜 피우는 거냐 하시길래 내가 가르쳐 드리기도 했다.) 아침마다 주전자를 쥐여 주던 주정뱅이 국어 선생님 때문에 나는 결국 소설을 전공했고 이 지경이 되었다.(주정뱅이 선생님은 소설가였다.) 내 사투리 훈련에 공을 들이던 친구는 몇 년 전 암 투병 끝에 세상을 떠났다.

그리고 해가 푸르게 비치던 복도, 그 끝에 서서 나를 달래 주던 총각 국어 선생님과는 종종 안부를 전한다. 함께 배드민턴을 치자는 약속은 아직 지키지 못했지만.

# 겨울 뉴욕 여행법

타고나길 손발이 찬 데다 유달리 추위를 많이 타면서도 어쩌다 보니 긴 여행은 모조리 겨울에 떠났다. 날 따신 봄이면 굳이 어딜 떠날 것도 없이 서울이 좋았고 여름에는 끝도 없이 게을러져 에어컨 돌아가는 작업실이 제일 편했기 때문이다. 그렇게 가을이 오면 어딘가로 갈 계획을 세우다가 겨울이 되어서야 겨우 비행기를 탔다.

몇 년 전 뉴욕에 갈 때에도 그랬다. 주머니에 손을 꽂고 나는 중얼거렸다.

"쓸쓸해."

H 언니와 J가 동시에 한숨을 쉬었다. 또 시작이군, 하는 얼굴들이었다.

"어떻게 이대로 마흔 살이 될 수 있겠어. 난 어른이 될 준비가 되어 있지 않다고. 그냥 확 죽어 버릴 테야."

내가 징징댔으므로 두 사람은 해결책을 찾아야 했다. 나는 '마흔앓이' 중이었다. 며칠 후 J가 해결책을 보내왔다. 문서로 깔끔하게 정리한 것이었다.

연말 뉴욕 여행 확정 안내

**타이틀:** '인생 뭐 있나' – 럭셔리 뉴욕 14박 16일

**콘셉트:** 된장질

**목적:** 한 해 수고한 각자에게 주는 선물이자 마흔을 맞이하는 김서령의 아듀 30대. 아듀 MB. 우면동 실내 포차에서 벗어나 전 세계에서 가장 힙하고 핫한 뉴욕에서 양껏 된장질을 해 보자.

**주요 일정:**

1. 문재인 당선 축하 쇼핑 및 축하 파티(박근혜 당선 시 전면 취소. 여차하면 불법체류 고려)

2. 12월 24일 크리스마스 파티 & 12월 31일 New Year 파티

3. 김서령 아듀 30대 & 웰컴 40대 파티

4. 센트럴파크에서 조깅(강추위, 칼바람, 폭설 등 기상 악화 시 센트럴파크 앞 브런치로 대체)

뉴욕의 살인적인 물가 및 연말 특수 등을 감안했을 때 본인이 확정한 이 비용은 매우 리즈너블하고 판타스틱하다고 보여짐. 또한 본인은 약 1주일 이상 생업을 작파하고 티켓 서핑 및 예약 입금 진행. 100개 이상의 호텔 예약 사이트 비교 서핑 및 예약 입금을 하느라 육체적·정신적 피로도가 말도 못 함. 따라서 비용 및 숙소에 대해 이의 제기를 하는 일은 없길 바람.

**기타 요청 사항:**

1. 우리는 가장 핫한 '맨해튼'에서 숙박합니다.

2. 뉴욕을 배경으로 한 미드나 영화를 보고 옵니다.

3. 마치 '내일은 없는 여자들'처럼 놀아 주세요.

4. 숙박비는 본인 카드로 결제했음. 입금 부탁드립니다. 안 하면 본인 쇼핑 불가.

5. 현지 연애는 적극 권장하나 한인(관광객, 교포) 및 에이시안은 되도록 피해 주세요.

6. 수고한 본인을 위한 현물·수수료 대환영입니다.


목적지를 뉴욕으로 결정한 것도 J 혼자였고 여행 기간과 항공, 호텔도 J가 마음대로 정했다. H 언니와 나는 군말 없이 J가 미리 결제한 예약금을 그녀의 계좌로 이체했다. 우리는 여행에 인생을 원 없이 탕진하기로 이미 마음을 먹은 여자들이었다.

나는 열네 벌의 옷을 트렁크에 챙겼다. 열나흘 동안의 여행이기 때문이었다. 아침마다 무얼 입을까 고민할 것 없이 코디를 끝낸 열나흘 치의 옷을 트렁크에 욱여넣고 코트는 두 벌만 챙겼다. 도톰하고 가벼운 코트와 다소 얇긴 해도 보라색이 끝내주게 예쁜 코트였다. 그것만으로도 트렁크가 꽉 찼다. 발로 밟고 엉덩이로 꾹꾹 눌러서야 겨우 뚜껑을 닫을 수 있었다. 우리는 맨해튼 거리를 쏘다니며 30대의 마지막 사진을 마음껏 남길 생각이었다.

지금도 내 서재방에는 그때의 사진들이 액자에 담긴 채 곳곳에 놓여 있다. 아마 열댓 장쯤 될 것이다. 트렁크가 터지도록 챙겨 갔던 옷들은 흔적도 없다. 사진 속 나는 오로지 카키색 코트만 단단히 여민 채 빨개진 코만 드러냈을 뿐이다. 뉴욕의 겨울은 정말이지 지독하게 추워서 코트 안에 내가 무얼 입었는지는 하나도 중요한 일이 아니었다. 보라색 얇은 코트는 딱 하루 입고 나갔지만 추위에 손이 곱아 나는 가방 속 카메라를 꺼내지도 못했다.

해가 지면 날은 더 차가워져서 우리는 멀리도 가지 못하고 호텔 앞 조그만 바에 매일매일 갔다. 소호 거리에 있던 그곳의 이름은 'Toad Hall'이어서 우리는 '두꺼비호프'라 부르기 시작했다. 곱슬머리 주인장이 위스키를 따라 주는 두꺼비호프 구석 자리에 앉으면 우리만큼이나 그곳에 죽치고 있던 세네갈 출신 녀석들이 참 끈질기게도 치근덕거렸다. 사실 그래서 맥주도 몇 잔 얻어 마시긴 했다.

아무래도 내 코트는 바람을 잘 막아 주지 못하는 것 같아 당시 뉴욕에서 한창 인기를 끌던 두꺼운 오리털 점퍼를 몇 번이나 살까 고민했지만 너무 비쌌다. 백화점에서 고민만 하다 도로 나온 나를 보고 H 언니가 중얼거렸다.

"아주 백화점에다 영혼을 두고 나오셨군."

나는 그다음 해 겨울에 다시 뉴욕엘 갔다. 미국 중부 지역에서 여름과 가을을 보내다 간 길이어서 또 겨울 코트가 마땅치 않았다. 그래서 그 오리털 점퍼를 결국 사고야 말았다. 1년이 지난 재고라 30%나 할인을 해 주었고 나는 그걸 껴입고 소호 거리를 돌아다니다 두꺼비호프를 발견했다. 반가운 마음에 꺅꺅 소리를 질렀다. 맥주를 사 주는 세네갈 출신 녀석들은 없었지만 대신 금발머리 남자가 아주 잠깐 말을 걸어 주었으므로 마흔 살이 되어도 괜찮군, 혼자 우쭐거리기도 했다.

숱한 시절 여행을 다녀도 이 모양이었다. 이제는 정말 잊지 말고 겨울 여행을 떠날 때엔 아주아주 두꺼운 코트만 넣어 가야지. 그리고 현지에서의 쇼핑을 위해 트렁크는 빈 채로. 또 이어폰은 반드시 주머니에 넣고 갈 것. 잘 챙긴답시고 트렁크에 넣어 놓아서 비행 내내 까실한 기내용 이어폰으로 귀를 괴롭히게 되더란 말이지. J와 H 언니와 함께 모여 앉으면 아직 우리는 소호 거리의 두꺼비호프 이야기를 한다. 우리, 언제쯤 다시 갈까.

# 하와이안항공의 추억

J와 나는 하와이 여행길에 올랐다. 심심했기 때문이었다. 심심한 일상을 작살내는 방법 중 우리가 가장 자주 쓰는 것이 여행이었고, 아무래도 결혼 같은 건 할 수 있을 것 같지 않았으므로 남들 신혼여행으로 다 간다는 하와이를 행여 평생 못 가게 될까 봐 J와 나는 분연히 하와이행 비행기 티켓을 끊었다.

하와이안항공은 처음이었다. 교포로 보이는, 한국말이 무척 서툰 승무원이 한 명 있었고 나머지는 다 미국인 승무원들이었다. 비행기에 올랐는데도 도무지 출발할 기미가 없었다. 꽤나 지체되었을 것이다. 밤 비행기였고 J와 나는 일찌감치 잘 준비를 하고 담요를 뒤집어쓰고 있었다. 그래도 영 소식이 없더니 안내 방송이 나왔다.

"기체에 결함이 발견되었다. 기다려 달라."

그러고는 또 한참이 지나 안내 방송이 나왔다.

"고치긴 한 거 같다. 그런데 잘되는지 보려면 기내 전원을 껐다 켜야 한다. 그러려면 너희가 다 내려야 한다. 가방 다 챙겨서 일단 내려라."

우리는 막 짜증을 부리며 비행기에서 내렸다. 불운의 서막이 시작되고 있었다. 자그마치 다섯 시간을 기다려야 했으니 말이다. 길지도 않은 휴가 일정에 하루가 다 날아갈 지경이었다. 사람들은 폭발을 했다.

하지만 이건 하와이안항공. 우리나라 항공기가 아니었던 거다.

게이트에는 하와이안항공의 한국인 직원들이 여럿 나와 있었다. 사람들은 그들에게 신경질을 냈다. 도대체 비행기가 가긴 해요? 이게 지금 몇 시간째예요? 언제 출발해요?

그들은 유유자적 대답했다.

"모릅니다."

사람들이 더 흥분을 했던 건 나긋나긋하지 않은 직원들의 태도 때문이었을 거다. 떼로 몰려가 직원들에게 화를 냈지만 그들의 대답은 한결같았다.

"언제 다 고칠는지 그걸 제가 알 방법이 없지 않겠어요?"

맞는 말이다. 거기 있는 직원들이 어떻게 알겠는가. 하지만 참을성 없는 J와 나도 10분에 한 번씩 직원들에게 쫓아갔다.

"저기요. 비행기, 가기는 하는 거예요?"

"그러겠죠."

"아니, 그렇게 대답하시지 말고 뭔가 조치를 취해 주서야 하는 거 아녜요?"

"어떻게요?"

"그걸 저희한테 물으시면 어떡해요?"

"그럼 전 누구한테 물어요?"

"하와이안항공은 매뉴얼 같은 것도 없어요?"

"매뉴얼요?"

"비행기가 못 가고 있을 땐 승객들한테 이렇게 이렇게 대처한다, 그런 매뉴얼도 없어요?"

"있습니다. 지금 매뉴얼대로 하고 있고요."

우리는 약이 올라 그 밤에 대한항공 승무원으로 일하는 친구에게 전화를 걸어 막 하소연을 했다. 친구가 까르르르 웃었다.

"야, 하와이안항공 짱. 걔네 멋있다. 우리 같으면 거기서 죄송하다고 무릎 꿇었을 거야. 아이고, 생각만 해도 머리 아파."

사람들의 항의에 하와이안항공 한국 지사장이 나왔지만 그는 더 시크했다. 사람들은 이러다 비행기 타겠느냐고, 배상을 요구했다. 당장 집에 가겠다 소리를 질러 댔다.

"네, 가실 분들은 가세요. 비행기 표는 환불해 드립니다. 가셔도 됩니다."

드디어 미국인 기장이 나와 마이크를 잡았다. 물론 영어였다.

"어디가 고장 났는지 모르겠다. 더 기다려 달라."

직원들은 주스와 빵을 가져와 테이블 위에 차려 두었지만 J와 나는 한참 직원에게 짜증을 낸 터라 빵을 가지러 갈 수가 없었다. 민망했다.

"아까 괜히 화냈다. 배고픈데."

"그냥 슬쩍 가져올까? 모른 척하고?"

"야, 그래도 자존심이 있지."


다시 기장이 나왔다.

"여러분, 굿 뉴스(good news)!"

굿 뉴스, 라는 영어를 알아들은 승객들이 서둘러 환호를 했다. 짝짝짝 박수를 치며 가방을 챙기기 시작했다. 미국인 기장이 계속 떠드는 와중에 J와 나도 짐을 챙겼다. 지사장이 급하게 마이크를 받았다.

"잠시만요, 잠시만요. 지금 여러분들이 굿 뉴스란 말에 오해를 하신 것 같은데요, 다 고쳤다는 말이 아니고요. 어디가 고장 났는지 이제 찾았답니다. 지금부터 고칠 테니 기다리세요."

정말 공항에 불이라도 지르고 싶은 심정이었다. 새벽이었고 졸렸고 여섯 시간이 훌쩍 지나가고 있었다. 사람들은 삼삼오오 모여 긴급회의를 시작했다.

"이런 식으로는 안 되지. 이거 우리 보상받아야 하는 거야. 미적거리다간 아무 보상도 못 받아. 이거 다른 항공사 같았으면 난리 났어. 돈으로 달래야지. 안 그래요? 쟤들 지금 우릴 아주 우습게 보고 있다고."

J와 나는 의자에 앉아서 졸고 있었다. 만사 귀찮았다. 그때 우리에게 나이 지긋한 아주머니 두 분이 다가왔다.

"이봐요, 젊은 엄마들. 이럴 땐 젊은 엄마들이 나서 줘야 해. 자기들이 그래도 우리보단 똑똑하고 말도 잘할 거 아냐."

안 그래도 남들 신혼여행지로 간다는 하와이를 노처녀 둘이 간다고 얼마나 놀림을 받았는데. 젊은 엄마들이라니. 우리는 그냥 "아, 네네", 그러고 말았다.

결국 비행기는 정비가 끝났고 J와 나는 언제 그랬냐는 듯 직원들에게 고맙습니다, 수고하셨어요, 활짝활짝 웃으며 비행기에 올랐다. 짜증을 낸 것도 미안했고 빨리 와이키키 해변으로 날아가 모래밭을 뛰어다니고 싶은 마음뿐이었다.


그런데 우리는 또 출발하지 못했다. 뜻밖의 사달이었다.

바로 우리 자리 통로 건너편 젊은 여인 때문이었는데, 어린아이 둘을 데리고 탄 모양이었다. 네다섯 살 쯤 되어 보이는 여자아이는 잠들어 있었다. 지쳐 보였다. 그녀는 한국말이 서툰 교포 승무원과 실랑이를 벌이는 중이었다.


여인          이거 보세요. 지금 우리 애가 거의 탈진이에
             요. 어쩌실 거예요?

| 교포 승무원 | 뭘요? |
|---|---|
| 여인 | 애가 아프다고요. |
| 교포 승무원 | 그래서요? |
| 여인 | 당신들이 우리 기다리는데 담요도 안 줬잖아요. 그러니 애가 열이 나요, 안 나요? |
| 교포 승무원 | 달라고 하시죠? |
| 여인 | 그런 건 그쪽에서 챙겨야 하는 거 아녜요? |
| 교포 승무원 | 추운 줄 몰랐는데요? |
| 여인 | 얘 어쩔 거예요? |
| 교포 승무원 | 뭘요? |
| 여인 | 그러니까, 당신들 때문에 애가 이 지경이 됐으니까 애를 좀 케어해 달라고요. |
| 교포 승무원 | 어떻게요? |
| 여인 | 애가 아프다니까요! |
| 교포 승무원 | 근데요? |

　이 대화를 30분 넘게 하고 있는 거였다. 우리는 진정 옆에서 통역을 해 드리고 싶었다.

　'그러니까 이 분은요, 지금 비즈니스석으로 옮겨 달라고 하는 거예요, 승무원님.'

하지만 이렇게 말할 수야 없었으므로, 의도가 빤한 여인과 눈
치 없는 승무원은 계속 저런 대화만 하고 있었다. 사무장 미국 승
무원도 다가왔다.

미국 승무원     왜? 무슨 일?

교포 승무원     애가 아프대.

미국 승무원     그런데?

교포 승무원     케어해 달래.

미국 승무원     어떻게?

교포 승무원     몰라.

듣는 우리는 돌아 버릴 지경이었다. 정말 하와이 좀 가 보고
싶었다.

미국 승무원     어떻게 케어해 달란 거예요?

여인            애가 아프잖아요!

미국 승무원     그런데요?

교포 승무원     여기 서서 애를 쳐다봐 달라고요?

여인            그런 게 아니라! 뭔가 아이에게 더 편한 장소
               를 제공해 달라고요!

| 교포 승무원 | 어딜요? |
|---|---|
| 여인 | 그러니까요! 좀 찾아보라고요! |
| 미국 승무원 | 이 여자 뭐래는 거야? |
| 교포 승무원 | 몰라. |

급기야 기장까지 출동했다.

| 기장 | 왜 그래요? |
|---|---|
| 교포 승무원 | 애가 아프대요. |
| 기장 | 그런데요? |
| 교포 승무원 | 그러게요. |
| 여인 | (자기도 지침) |
| 미국 승무원 | 여기 서서 우리가 애를 봐 줘요? |
| 여인 | 그게 아니고요……. |
| 교포 승무원 | 그럼요? |
| 여인 | 애를 좀 케어를…… 조금이라도 더 편하게……. |

이쯤 되니 주변의 승객들도 짜증이 폭발했다.

"거 참, 그냥 비즈니스석 달라고 대놓고 말을 하든가."

"어머, 지들만 힘들었나. 저 여자만 비즈니스 주면 안 되지. 그럼 우린?"

"그러게 말야, 웃겨."

"아, 고만하고 출발 좀 합시다!"

정말 웃겨 죽을 것 같은 상황이었다. 우린 지쳐서 이제 비행기가 가든 말든 더 상관도 없을 것 같은 심정이 되었다. 그냥 여행 취소하고 단골 소줏집에나 가고 싶었다.

| | |
|---|---|
| 기장 | 아이가 많이 아파요? |
| 교포 승무원 | 기장님이 아이가 많이 아프냐고 물으시네요. |
| 여인 | 네. |
| 교포 승무원 | 그렇대요. |
| 기장 | 그럼 내리세요. |
| 교포 승무원 | 내리시래요. |
| 여인 | 네? |
| 기장 | 우린 아픈 사람 못 태워요. 의사 없어요. |
| 교포 승무원 | 여기 의사 없어요. 내리시래요. |
| 여인 | 무슨 소리예요? |
| 기장 | 빨리 내려요. 우리 출발해야 해요. |
| 교포 승무원 | 우리 출발해야 한대요. 빨리 내리래요. |

| 여인 | 아니…… 내릴 만큼 아픈 건 아니고요. |
|---|---|
| 교포 승무원 | (기장에게) 많이는 안 아프대요. |
| 기장 | 그래도 걱정돼요. 내려요. |
| 교포 승무원 | 그래도 내리시래요. |
| 여인 | 아뇨, 그냥 갈게요. 일 보세요. |
| 기장 | 그럼 각서 써요. 아이한테 문제 생겨도 딴말 하지 않겠다고. |
| 교포 승무원 | 각서 쓰실래요? |
| 여인 | 네. |

그래서 우리는 출발했다. 보상 차원으로 하와이안항공을 다시 탈 때 180달러를 깎아 준다는 바우처를 받았지만 그냥 버렸다. 다시 하와이안항공을 탄다 해도 어차피 인터넷 검색으로 제일 싼 항공권을 살 테니 바우처는 애초에 쓸모도 없는 것이었다.

친구들은 두 노처녀의 하와이 여행담을 뒤늦게 전해 듣고는 배를 잡고 웃어 댔다. 그리고 우리의 불운을 연민했다.

하지만 J와 나는 말짱했다. 아니, 하와이의 햇살이 얼마나 눈부셨는데. 와이키키 해변을 가득 메운 근육질 총각들이 얼마나 근사했는데.

# 우리 마을에는 스물아홉 명이 삽니다

오래전 혼자 여행을 하다가 호주 퀸즐랜드주의 작은 마을에 들른 적이 있다. 길게 휴가를 낸 뒤 호주 동부 해안을 따라 버스나 기차를 종종 바꾸어 타며 북쪽으로 올라가던 중이었다.

그 작은 마을에 내린 연유는 이제 기억나지 않는다. 크리스마스를 앞둔 때였으니 그곳은 여름이었고 나는 얇은 톱에 반바지 정도의 차림이었을 것이다. 늘 끌고 다니던 핫핑크 슈트케이스였을 테고. 그 어떤 예약도 없이 아무 데로나 다니던 때였으니 그 마을에 덜컥 내려 버린 건 아마 아무 이유 없는 일이었을 것이다.

어쨌거나 그 적적한 마을 입구에는 표지판이 하나 붙었다. 대충, '이 마을에는 모두 스물아홉 명의 주민이 살고 있습니다. 그런 이유로 이곳에 오는 모든 이들을 진심으로 환영합니다', 그런 내용이었다.

다른 것보다 스물아홉 명이라는 그 숫자가 또렷하게 기억이 난다. 나는 그 표지판 앞에 서서 잠시 망연해졌는데 세상에, 스물아홉 명의 주민이 산다면 도대체 몇 채의 집이 있다는 것이며 하루를 묵을 작은 호텔 같은 것이 있기나 할 것이며 그도 아니라면 커피 한잔을 놓고 마른 빵을 씹을 수 있는 식당이라도 찾을 수 있을 것인가 하는 걱정 때문이었다.

믿기 어려운 일이지만 나는 드문드문 선 집들 사이에서 식당을 찾아냈다. 유리창의 먼지가 하도 두꺼워 안이 잘 들여다보이

지 않았다. 하지만 막상 문을 열고 들어섰을 때 할아버지 두 분이
찌그럭찌그럭 소리가 나는 낡은 슬롯머신 앞에 앉아 맥주를 마
시고 있었다. 식당 주인은 보이지 않았지만 그들이 아주 살짝 손
을 들어 나를 맞아 주었다. 말은 하지 않았지만 주인이 곧 나타날
테니 기다리라는 눈짓이었다. 설사 장사를 하지 않는 식당이라
해도 나는 더 걸을 기운이 없었다. 밖은 너무나 뜨거웠고 내 어깨
는 오래 걷는 동안 빨갛게 달아올라 있었다. 아무 자리에 앉아 기
다리자 곧 뚱뚱한 주인 여자가 나타났다.

나는 그날 무엇을 먹었을까. 잘게 다진 피클과 양상추와 햄이
들어간 케밥을 먹었을까. 아니면 볶음국수를 먹었을까. 왜 이렇
게 아슴아슴할까. 아, 제대로 돌이켜 보니 10년도 훨씬 지난 일이
다. 그때 빨갛게 달았던 내 목덜미에는 푸른 나비 타투도 없었으
니 말이다. 그러니 기억이 나지 않을 만도 하지. 피시앤칩스를 먹
었건 커피와 도넛을 먹었건 맛있게 먹은 기억은 아니다.

가끔 그 작은 마을은 나에게 책갈피 사이 아무렇게나 끼워 둔
사진처럼 떠오르곤 한다. 내가 정말 거기에 간 적 있었나, 하는
생각처럼 말이다. 마치 무심히 지나쳐 온, 사소하게 잊어버린 남
자 같은 얼굴로 그 마을의 풍경이 안개처럼 떠오르는 것이다.

조용한 마을 거리를 요란하게 굴러가는 내 슈트케이스 바퀴

소리가 민망해 나는 그곳을 곧 떠났다. 하루에 두 번 지나는 기차를 잡아타고 떠났으니 그 마을에 머문 것은 대여섯 시간 정도였을 것이다. 그것도 식당에서 두어 시간은 앉아 있었고, 잠깐 걸었고, 띄엄띄엄 조약돌처럼 놓인 집들을 바라보았으며, 대부분은 역사에 앉아 커피와 콜라를 번갈아 마셨을 뿐이다.

그럼에도 나는 그 마을에 대해 오래 돌이켜 보았다. 왜 그곳에 더 오래 머물지 않았을까. 식당 주인에게 며칠 묵을 수 있는 호텔을 찾아 달라 했다면 그녀는 흔쾌히 알아봐 주었을 텐데.

그들은 스물아홉 명밖에 되지 않는 작은 마을이라 나조차 환영할 수 있다고 표지판을 세워 두었지만, 때로 여행자에게는 스물아홉 명뿐인 마을의 진한 유대감이 오히려 공포스러울 수도 있는 법이다. 나는 아마 그랬을 것이다. 게다가 난 고작 서른을 넘긴 나이였으니까. 그리고 그때의 여행은, 나를 당장이라도 목조를 것 같은 외로움을 피해 달아났던 것이었으니까.

지금 그 마을에는 누군가 아이를 낳아 서른 명의 주민이 살고 있을까. 아니면 한 사람은 심장 발작으로 죽고 또 한 사람은 실종되어 스물일곱 명이 살고 있을까.

그 작은 마을을 떠나올 때엔 그런 생각을 했다. 오래 걸어도 좋은 가을이나 봄에, 같이 걸을 수 있는 친구와 함께, 꼭 다시 오겠다고 말이다. 하지만 벌써 10년도 지난 일이라는 것을 알고 나니 문득 어깻죽지가 차분해지고 만다. 어쩌면 영영 그곳에는 가지 못하겠지. 산다는 건 못다 한 일을 깨닫는 날의 연속인지도 모르겠다. 이름 모를 새가 신경질적인 울음을 울고 있는 지금 이곳, 내 집에는 10년 후 누가 살게 될까.

# 고추장 단지

친구가 보내온 선물 상자를 열어 보니 주먹 반만 한 유리 단지 네 개다. 네 개의 단지에는 각각 다른 고추장이 담겼다. 황태를 다져 넣은 고추장, 잔멸치를 소복이 넣은 고추장, 소고기볶음고추장, 그리고 마지막으로 굴비고추장이었다.

이 앙증맞고 호사스러운 고추장 선물에 입이 헤벌어져선 당장 모락모락 김 오르는 뜨거운 밥 한 공기 푸고 싶었지만 겨우 눌러 참았다. 이런 건 적어도 두 달 이상 떠나는 긴 여행길에서나 뚜껑을 열어야 하는 법이다. 나는 팬트리 선반에 고추장 단지 네 개를 가만히 올려 두었다.

나에게 여행은 그저 두 가지로 나뉜다. 짧은 여행과 긴 여행. 아무거나 잘 먹는 나는 짧은 여행을 떠날 때면 어떤 먹을거리도 챙기지 않는다. 여행지의 음식을 집어 먹기에도 바쁜 여정이니 말이다.

그래도 긴 여행을 떠날 때면 꼭 챙기는 것이 있다. 자른 미역 50g짜리 한 봉지. 건미역을 아주 작게 잘라 놓은 자른 미역은 여행 중에 무척이나 유용하다. 여행지의 아무 슈퍼마켓이나 가도 살 수 있는 일본 미소된장 한 통만 준비하면 된다. 자른 미역을 한 꼬집 집어 물에 비벼 씻은 뒤 끓는 물에 퐁당퐁당 넣고 미소된장 한 숟갈 떠 넣으면 그걸로 끝. 멸치랑 다시마 넣고 호박 썰고 양파 썰고 두부랑 마늘도 넣어야 하는 우리나라 된장찌개와

는 비교도 안 되게 쉬운 레시피다. 공기째 들고 호로록 마셔 버리
면 끝나는 미소된장국 한 그릇이면 긴 타국 생활에서도 속 든든
히 지낼 수 있었다.

독일에서 두 달 넘게 지내며 소설을 쓰던 때에는 동네 빵집에
서 열 개들이 크루아상을 한 봉지씩 사 두었다. 아침이면 크루아
상을 반 갈라 얇은 햄 두 장을 끼워 넣고 전자레인지에 딱 30초
만 돌렸다. 그러면 빵에서 반질반질한 버터물이 배어 나오기 마
련이었고 나는 미소된장국 한 공기를 옆에 두고 오물오물 샌드
위치를 먹었다.

베를린에서는 꽤나 단조로운 시간을 보냈다. 그렇게 아침을
먹고 노트북을 챙겨 간 카페에서 네 시간쯤 원고를 쓰고 돌아오
는 길에 베트남 식당엘 들러 국수를 먹거나 태국 식당에서 새우
가 잔뜩 들어간 그린커리를 먹었다. 늦은 저녁은 건너뛰고선 밤
이 오기를 기다려 영화를 보거나 책을 읽었다.

호주 브리즈번에서는 꽤나 살이 올랐다. 나는 그곳에서 직장
을 다니던 중이었고 퇴근길이면 으레 마켓엘 들렀다. 오후 5시
반이면 클로징 세일을 했는데 그러면 손바닥 두 개를 합친 크기
만 한 스테이크용 소고기를 반값에 살 수 있었다. 바질과 로즈메
리를 뿌려 프라이팬에 스테이크를 굽는 저녁이면 너무 배가 불

러 미소된장국도 제대로 먹을 수 없었다.

길게 떠나면서 자른 미역 50g 봉지를 챙기지 않은 건 미국으로 떠나던 때뿐이었다. 호텔에서 석 달을 넘게 지내야 했는데 전기 주전자 외에는 사용할 수가 없었다. 대신 아시안 마켓에서 인스턴트 미소된장국을 한 상자 샀다. 미소가루를 털어 넣고 뜨거운 물만 부으면 되는 거였다. 근처의 중국 식당에서 덮밥 요리를 포장해 와 나는 호텔방 테이블에 펼쳐 놓고 머그잔에 담긴 미소된장국을 마셨다. 잠이 안 오는 밤이면 위스키 한 잔씩을 따라 마시기도 했는데 그럴 때면 멸치 한 마리 집어 고추장에 푹 찍어 먹고 싶다는 생각이 들기도 했다.

앙증맞은 고추장 네 단지를 팬트리 안에 넣어 두긴 했지만 생각해 보니 긴 여행을 언제 또 떠날까 싶다. 아기가 한참 더 자라야 할 텐데. 그렇다면 고추장 단지에는 푸르고 흰 곰팡이가 피지 않을까. 그러기 전에 먹어 치워야지, 생각은 하면서도 자꾸만 아깝다. 고추장 단지에 곰팡이가 피기 전까지 아기가 무럭무럭 자라 주었으면. 좀 그래 주었으면.

# 즐거운 소비

발이 원체 작아 기성 구두 중엔 맞는 것을 찾을 수가 없어서 나는 아예 구두를 신지 않거나 꼭 신어야 하는 날이 생기면 수제화를 맞추었다.(내 발 크기는 왼쪽 오른쪽이 달라 217, 215mm다, 맙소사.)

마지막으로 구두를 산 건 결혼 전 상견례를 앞두고서였다. 아깝게도 그날 딱 하루를 신고 말았다. 신발장 안에는 한 번밖에 신지 않은 구두들이 숱하다.

"구둣값만 아꼈어도 작업실 보증금은 나왔을걸."

나는 자주 투덜거렸다. 단골 낙짓집에서는 낙지볶음 한 접시만 시켜도 될 것을, 꼭 연포탕까지 같이 시켜서 늘 남겼다.

"우리가 제대로 먹지도 않은 연포탕이 대체 몇 냄비일까. 그것만 아꼈어도."

그러면 J도 받아쳤다.

"됐어. 술자리에서 한 시간만 일찍 일어났어도 우린 택시비 아껴서 차 한 대씩 뽑았을 거야."

하지만 H 언니는 심드렁하게 말했다.

"그거 아끼자고 한 숟갈 떠먹고 싶은 연포탕을 마다하고, 오랜만에 본 친구들 뿌리치고 일찍 가고 그랬으면 인생 무지하게 고독해졌을 거야. 그 값을 치른 거니 괜찮아."

H 언니의 위로가 그럴듯했다.

　몇 년 전 여행 중에는 제인 오스틴의 소설들을 샀다. 순전히 예뻐서였다. 그 책들은 핑크색 가죽 표지다. 그것도 연한 핑크, 진한 핑크, 보통의 핑크…… 그런 식으로 말이다. 한국어로 된 책도 안 읽고 미뤄 둔 판에 깨알 같은 영어를 읽을 리는 없어서 지금 그 책들은 거실 장식장에 얌전히 놓여 있다. 그러고도 또 다른 제인 오스틴 리커버 책들에 눈을 파는 중이다.

　도대체 이 쓸데없는 소비는 끝날 줄을 모른다. 하지만 눈이 즐거운 건 결국 내가 즐거운 것이니 이 정도 소비는 괜찮겠지. 다들 즐겁자고 사는 거잖아, 흠흠.

# 관리실 언니

결혼하기 전 살던 우리 동네 단지 관리실 2층에는 나보다 서너 살쯤 나이가 많아 보이는 언니가 있었다. 관리실 건물 앞에는 작은 텃밭도 있었는데 언니는 한가한 낮이면 거기서 텃밭도 가꾸고 꽃도 키우고 그러면서 시간을 종종 보내곤 했다. 음식물 쓰레기를 내놓으러 강아지 봉수와 함께 나갔다가 텃밭 옆에 둘이 쪼그리고 앉았던 날이었다. 햇살이 좋았다.

언니    요즘 엄마는 안 오시나 봐?

나      얼마 전에 다녀갔어요.

언니    그랬구나. 이번엔 못 봤는데.

나      조카들 키워 주느라 바빠서 후딱 갔어요.

언니    우리 엄마도 우리 애들 키워 주느라 바쁜데.

나      결혼하셨어요?

언니    그럼, 옛날에 했지.

나      안 하신 줄 알았는데.

언니    어머, 왜?

나      그냥요. 느낌이.

언니    느낌은 뭘. 딱 봐도 아줌만데.

나      안 그래요. 안 한 줄 알았는데.

언니    이 동네 좋지?

나      네, 좋아요. 가끔 택시 타고 들어오면 기사님들이 "아이
        고, 동네 참 이쁘네", 그래요.

언니    그지? 다들 여기 이쁘다 그래.

나      나무도 많고.

언니    얼마 전엔 어떤 분이 집을 보러 오셨어. 아들이 뇌 수술
        을 받았대. 젊은데.

나      어머.

언니    병원에서 공기 좋은 데로 가라 했나 봐. 무조건.

나      안됐다.

언니    집이 분당이라는데 그럼 어디로 가야 공기가 좋을까
        하다가 여기로 왔더라고.

나      분당이랑 가까우니까.

언니    그지, 가까우니까. 근데 나한테 막 묻는 거야.

나      뭘요?

언니    누가 그러더래. 여기 관리비가 한 달에 100만 원씩 나
        온다고.

나      말도 안 돼.

언니    그지, 말도 안 되지. 그래서 내가 평수 젤 넓은 집도 끽
        해야 25만 원이라 그랬지.

나      가스비가 따로 나오긴 하잖아요.

언니    그래도 그건 쓰는 만큼 나오는 거잖아. 자긴 관리비 15만 원쯤 나오지?

나    네, 그쯤.

언니    그래서 내가 아니라고, 100만 원 안 나오니까 걱정 말라 했지.

나    근데, 나올 수도 있을 것 같아요.

언니    응?

나    저번에요, 제가 가스비가 너무 많이 나와서 검침 아줌마한테 막 하소연을 했거든요. 그랬더니 아줌마가 "에계, 요거 나온 거 갖고 뭘 그래요? 이 동네 가스비 100만 원 내는 사람들 엄청 많은데", 막 그러던데요?

언니    에? 가스비가 100만 원이라고?

나    네, 너무 놀라서 저 암말도 못 했어요. 내 가스비는 껌값이구나, 그랬죠. 그러니까 관리비 100만 원이 헛소문이 아닐 수도 있어요.

언니    그런가. 가스비 100만 원을 내고 어떻게 살아?

나    그러게요. 아줌마가 그냥 이상한 소리 한 건가?

언니    그렇겠지. 자기가 가스비 많이 나왔다고 투덜대니까 아무 소리나 막 한 거 아냐?

나    그럴 수도 있겠다.

언니    남이사 100만 원을 내든 말든 내가 안 내면 되지, 뭐.

나    난 10만 원 나왔다고 눈 튀어나올 뻔했는데.

언니    하드 먹을래?

나    네.

언니    비비빅? 메로나?

나    비비빅요. 아니아니, 메로나.

언니    메로나 좀 찌그러졌어.

나    괜찮아요.

언니    돈을 얼마만큼 벌면 관리비를 100만 원씩 내고 살 수 있을까?

나    아무리 많이 벌어도 100만 원은 아까워서 못 내겠다.

언니    난 월급 100만 원만 받아도 좋겠다.

나    오늘 날씨 진짜 좋네.

언니    야, 자기네 강아지 풀 먹어.

나    괜찮아요. 쟤 풀 잘 먹어요.

언니    별일이야. 개가 풀을 먹네.

나    아, 날씨가 이러니까 여기 앉아서 수박 잘라 먹고 싶다.

언니    어, 진짜. 수박 먹고 싶다.

나    어어. 봉수 똥 누려고 한다. 저, 집에 데리고 가야겠어요.

언니    똥 누면 치워 주면 되지.

나    경비실 아저씨 보면 뭐라 해요.

언니    별꼴이야. 치우면 되는 걸 자기가 왜.

나    개 데리고 다니는 것도 싫어해요. 또 놀러 올게요.

언니    응.

나    갈게요.

언니    참, 자기야!

나    네?

언니    자기네 마당에 개집 문 잘 닫아 놔. 고양이 자꾸 들어가 더라.

나    네! 안녕히 계세요!

# 재수생 K

　고등학교 시절, 친구 K는 나보다 한 살이 많았다. 재수생 출신이구나 했다. 포항에는 고입 재수생이 흔했다. 평준화가 아닌 지역이라 성적이 높은 편임에도 불구하고 떨어지는 일이 많았고 그러면 그들은 저만치 먼 시골 후기 고등학교에 가거나 재수를 했다. 그래서 고입 재수 전문 학원 몇 곳은 정말이지 콩나물시루 같았다. 이제 열일곱 살밖에 되지 않은 풋내기 청춘들이 그곳에서 공부를 하거나 연애를 했다.

　"오빠라고 불러 줘?"

　내가 물었을 때 K는 시큰둥한 얼굴로 고개를 저었다.

　"뭐 할라꼬. 됐다. 재수가 자랑도 아이고."

　나중에야 K가 재수를 하게 된 사연을 제대로 듣게 되었다.

　K는 고입 시험을 치렀고, 무난히 합격을 했고, 입학만 기다리고 있었다. 그저 평범한 고교 시절이 시작될 참이었다.

　K의 어머니는 고등학교 등록 마지막 날 입학금을 들고 은행에 가고 있었다. 그럼 은행에만 가셨어야지. 왜 동네 친구분 집에 잠깐 들르셨을까. 그냥 들렀다면, 인사나 한마디 건네고 은행에 얼른 가실 것이지 왜 고스톱 판에 잠깐 주저앉으셨던 것일까.

　그래. 당신의 상상이 맞다.

　K의 어머니는 "아직 은행 문 닫으려면 멀었다, 한 판만 더 돌

리고 가라" 하는 친구분들의 말만 듣고 화투장을 만지다가 그만
은행 시간을 넘겨 버리고 말았다. 아들은 재수생이 되었다.

"우야겠노. 뭐 우리 엄마가 일부러 그랬겠나. 내는 뭐 벨로 뭐
라 안 했다. 그날 우리 엄마는 아부지한테 맞아 죽을 뻔했는데 내
까지 어예 뭐라 하겠노. 그냥 재수했다 아이가."

날씨가 좋아서 아기 데리고 동네 산책을 나갔다가, 그래서 순
대 한 봉지 사 들고 오다가 문득 K 생각이 났다. 아마도, 나도 어
느 집엔가 들러 고스톱이나 한판 치다가 늦게늦게 집에 돌아가
고 싶었나 보다.

하지만 들를 곳은 없고 나는 아파트 정문 앞 조그만 커피숍에
서 지독하게 싱겁고 맛없는 아이스 아메리카노 한 잔을 사 들고
허정허정 걸어왔다. 그래도 오랜만에 먹는 순대는 좀 맛있었다.

# 짠짜라짠짠

　남해의 어느 산장에서 하룻밤을 묵었다. 배낭 안에 소주병과 새우깡만 달랑 챙긴 길이었다. 풍경이 하도 좋아 우리는 탄성을 질렀다.

　"이런 데서 밥을 먹으면 무얼 줘도 달 것 같아!"

　하지만 꼭 그렇지는 않았다. 주인 할머니는 부엌에서 소리를 질렀다.

　"야! 밥 가 가라! 밥 가 가라꼬!"

　우리는 부리나케 뛰어가 쟁반을 받아 왔다.

　"이따가 부침개도 한 장 찌지 줄게."

　그렇게 받아 온 시락국은 너무 짰고 직접 담갔다는 막걸리는 시큼하기만 해서 아무래도 상한 것 같았다. 부침개 속 오징어도 너무 질겼다.

　그래도 아무렇지 않았던 건 산 아래로 펼쳐진, 약간은 비현실적이기까지 한 풍경 때문이었다. 챙겨 간 소주를 마실 틈도 없이 밤이 깊었다. 마시지 않아도 그냥 취했다. 우리의 목소리는 나직나직해졌고 별채에서 주인 할머니는 노래를 불렀다. 길고 텅 빈 밤을 보내는 할머니만의 방법이었을 테다.

　재래식 화장실에 가기 위해 할머니를 불렀다.

　"할머니, 휴지 좀 주세요."

할머니는 어느 노래의 끄트머리를 부르던 중이었다.

"짠짜라짠짠. 벤소 갈라꼬?"

"네."

"짠짜라짠짠. 휴지 쓰고 요다 다시 갖다 놔래이. 내도 써야 한 대이. 짠짜라짠짠."

할머니는 가사를 잊어버린 건지, 아니면 원래 그 노래가 짠짜 라짠짠이 여러 번 반복되는 것인지 방문을 닫고 들어가면서도 연신 짠짜라짠짠 노래를 불렀다.

밤에는 비가 왔고 계곡물을 바가지로 받아 우리는 처마 밑에 앉아 양치질을 했다. 밤에는 새들이 울지 않는다더니 비 맞은 까 마귀는 깍깍 시끄럽게도 울어 댔다.

# 양은 밥상

나에게는 보기만 해도 웃음이 푹 터지는 양은 밥상이 하나 있다. 식당 배달 아줌마들이 김치찌개 뚝배기와 나물 종지, 그리고 공깃밥을 쌓아 머리에 이고 좁은 시장통을 바삐 걸을 때 쓰던 그 양은 쟁반에 다리만 달린 것이다.

우연히 발견을 한 나는 냅다 만 원을 내고 그 밥상을 샀다. 반짝반짝 싸구려 윤이 나는 밥상에는 푸르고 붉은 꽃무늬가 그려져 있었다.

가끔 친구가 놀러 오면 나는 양은 밥상을 꺼내 상을 차리곤 했다. 못난이 달걀 프라이 두어 개를 부치고 깍두기를 꺼내고 거기다 갓김치까지 있으면 양은 밥상은 한껏 예뻐진다. 그러고는 참이슬 한 병. 달걀이 다 떨어졌을 때엔 그냥 참치캔 하나 따고 누군가 선물해 준 비싼 술이 있을 땐 참이슬 대신 그걸 내갔다. 그래서 만 원짜리 내 양은 밥상 위에는 로얄살루트 21년산이 놓인 적도 있었다.

내 어릴 적 아빠는 술을 하지 않아 아무리 기억을 헤집는다 해도 엄마가 양은 밥상에다 술상을 차린 적이 없지만, 나는 그런 장면을 수십 번도 더 본 사람처럼 마냥 정겹다. 총각김치 한입 베어 물고 막걸리 한잔 들이켜는 아빠의 모습을 그 속에서 자꾸 보는 거다.

물론 아빠는 순한 사람이라 밥상 따위 엎어 본 적 없지만 이

밥상만 보면 온 식구 다 둘러앉은 참에 홱 둘러엎어 버리는 성난 어느 아버지의 행패가 떠오르기도 하고 치맛자락 꼭 말아 쥐고 앉아 새침하게 젓가락을 두들기는 낯모르는 젊은 처녀가 떠오르기도 한다. 참 별일이지. 잔치국수 말아 다섯 식구 머리 디밀고 앉아서 호로록 국수 가닥을 빠는 가족도, 늦은 밤 텔레비전 켜 놓고 라면 한 개 끓여 뚜껑에 덜어 먹는 자취생의 얼굴도 그려진다.

양은 밥상에다 밀가루 홀홀 뿌려 놓고 엄마와 둘이 앉아 소담소담 빚은 만두를 늘어놓아도 되겠다. 밥상이 꽉 차면 엄마는 끄응, 일어나 찜솥으로 만두를 옮기고 나는 또 밀가루를 뿌리고. 게으른 내가 만두를 빚을 리 없겠지만 마음만으로 벌써 백 개는 빚었다.

그런 물건이 있다. 수십 가지 장면을 저절로 그려 내는 물건. 만 원짜리 한 장이 나에게 가져다준 신기한 물건.

# 또 만나요, 선생님

몇 년 전, 여중생 시절 과학 선생님을 만났다.

선생님의 기억 속 나는 아직 열다섯 살. 그러니 나는 좀 예뻐 보일 생각으로 오랜만에 공들여 화장을 했다. 한 번도 발라 보지 않고 묵혀 두었던 블러셔를 꺼내 쓱싹쓱싹 칠해 보았더니 술 취한 여자처럼 보였다. 왜 이렇게밖에 안 되지. 그래서 빨간색 립틴트를 꺼내 톡톡 입술에 두들겼다. 그러자 술에 취해 개 한 마리 잡아먹은 여자가 거울 속에 있었다. 안 되겠어, 역시. 살구색 블러셔는 파우더로 도로 가리고 립 틴트는 닦아 냈다. 더치 커피 두 병 사 들고 나는 약속 장소로 서둘러 나갔다.

나는 오랫동안 내 중학교 2학년 시절 과학 선생님의 나이를 오해하고 있었다. 당시 학교의 여선생님들은 스물여섯, 스물일곱이면 모두들 결혼을 했다. 국사 선생님이 스물아홉 살에 결혼을 했다고 노처녀 소리를 무지하게 들었으니 우리는 결혼을 안 한 과학 선생님에겐 어떤 슬픈 사연이 있다고 믿어 의심치 않았다. 병으로 죽은 약혼자를 잊지 못해서 그런 거라고도 했고 아이를 낳지 못해 몹시도 사랑했던 남자와 헤어진 거라고도 했다. 책 좋아하고 조용조용하던 분이라 그런 소문들이 잘 어울렸다. '노처녀'였기 때문에 나는 선생님이 40대 초반쯤이었다고 생각하고 있었다.

만나기로 하면서, '어, 그럼 우리 선생님이 벌써 예순다섯쯤
된 거라고? 그럼 어떻게 아직 학교에 계신 거지? 40대가 아니었
나?', 뭐 이렇게 헛갈려 하면서 나간 거다. 만나고서야 알게 되었
다. 선생님은 그때 고작 서른두 살. 서른두 살에 선생님은 숱한
소문을 몰고 다니던 노처녀 취급을 받았던 거다. 맙소사. 그때 선
생님은 아기였던 거다!

"너는 왜 결혼을 안 했어?"
"무서워서요. 선생님은요?"
"게을러서."
"연애는 안 하니?"
"가끔요. 선생님은요?"
"나도 가끔."

둘 다 중년이 되어서 다섯 시간 동안 깔깔깔깔, 수다에 빠졌더
랬다. 선생님께 샤부샤부도 얻어먹고 커피도 얻어 마셨다.
"저 이제 40대거든요. 밥값은 제가 내는 게 맞아요."
"밥은 선생이 사야 하는 거야."
"아닐걸요."
"소설가보단 선생이 돈 더 많이 벌걸."

둘 다 혼자 사는 여자라서, 우리는 우아하게 죽는 법, 사는 동
안 더 에너제틱하게 사는 법, 그리고 아주 멋진 여행지와 아주 멋
진 소설들을 얘기했다. 옛날 선생님들의 뒷담화도 넘쳤다. 아이
들이 싫어했던 선생님은 선생님들끼리도 싫어한다는 어쩌면 참
평범한 사실에 나는 막 자지러졌다.

"또 만나요, 선생님."
"응. 나는 너 또 볼 거야."
"꼭 그래요."
"너 더 늙은 걸 보고 말 거야. 나만 늙은 거 보여 주면 억울하
니까."

요즘 아이들은 선생님을 투명인간 취급을 한다. 그래서 예
전 순진했던 우리들 때가 그립단다. 나도 학교 4층 건물을 다람
쥐처럼 잘도 돌아다녔던 그때가 참 그립다. 그 시절 젊었던 선생
님들도 마저 그립다.

# 동피랑 골목길

앙증맞은 벽화가 그려진 통영 동피랑 골목길을 걷는데, 20대 중후반쯤 되었을까, 한 커플이 앞서 있다. 봄나들이 옷차림이 화사하니 벽화만큼 예쁘다. 남자가 여자를 조르는 중인데 아마 어딘가로 가고 싶은 모양이었다.

남자　가자.

여자　됐다.

남자　가자.

여자　돈도 없다.

남자　내 있다.

여자　있나.

남자　있다.

여자　됐다.

남자　돈 있다.

여자　얼마 있는데.

남자　16만 원 있다.

여자　진짜가.

남자　진짜다.

여자　어디서 났는데.

남자　원래 있었다.

여자      가까.

남자      가자.

여자      가자.


16만 원이나 있는 커플은 신이 났다.

어디로 가는 걸까. 그들의 뒷모습이 하도 예뻐 나도 막 따라가
고 싶었다.

# 즐거운 장래 희망

"저는 진드기 전문이에요."

내 눈이 동그래졌다. 환경부 공무원 연수 프로그램에 강연을 나갔던 때였다.

"진드기가 요즘 어찌 살고 있나 봐야 하니까 매일 배낭 메고 비닐 봉투 들고 진드기 잡으러 다녀요."

공무원이라면 그저 책상 앞에만 앉아 있는 줄로 알았는데. 2박 3일 동안 공무원들과 지내면서 신기한 이야기들을 잔뜩 들었다.

"저는 매일 나무 보고 풀 보고……. 한 번도 발견된 적 없는 새로운 식물들을 찾아내는 게 제 업무예요."

뭔가 그럴싸하지 않은가. 아무도 본 적 없는 존재를 찾으러 산과 들을 헤집는 공무원이라니.

"저기, 저분은 해양 생물 담당이에요. 내내 바닷속에서 살아요. 맨날 스쿠버다이빙을 하는 거죠."

나는 정신없이 감탄했다. 바닷속으로 출근하는 공무원은 단한 번도 상상해 본 적이 없었다.

나는 그들에게 물었다.

"어릴 때부터 이 일을 하고 싶으셨던 거예요?"

그들은 잠깐 나를 빤히 쳐다보았다.

"장래 희망이 공무원인 사람도 있어요?"

누군가의 대답에 그들은 한꺼번에 웃음을 터뜨렸다.

　생각해 보니 그랬다. 내가 어릴 적 "내 꿈은 공무원이야"라고 말했던 친구는 단 한 명도 없었으니까 말이다. 공무원 시험 준비를 위한 스파르타식 합숙 학원이 생기고 도서관마다 온통 공무원 수험생들로만 가득한 요즘을 보면 그 청춘들이 가여워 혼자 토라지곤 했었는데.

　그 청춘들이 이다음에 진드기를 잡으러, 낯선 식물을 찾으러, 바닷속을 탐험하러, 그렇게 떠날 수도 있다 생각하니 내가 다 설레었다. 말릴 수도 없는 슬픈 세상이니 어찌 되었건 즐거운 장래 희망이 되기만을 바랄 뿐.

# 108배를 하는 마음

몇 년 전쯤 우연히 108배를 시작하게 되었다. 누군가를 사랑하기에도 용서하기에도 참 좋은 시간이 되더라고 말한 건 소설가 고은규였다. 그 말에 홀랑 반해 발코니에 요가 매트를 깔았다.

하나, 둘, 셋……, 서른여덟, 서른아홉……, 예순이 넘어가면 어김없이 헷갈렸고 숫자를 세다 보면 정신이 하나도 없어 나는 누군가를 사랑하지도 용서하지도 못했다. 108배 숫자를 대신 세어주는 모바일 앱이 있다는 걸 알고는 2달러나 주고 결제를 했다.

내가 절을 하는 동안을 못 견딘 강아지는 심술을 부렸다. 슬리퍼를 물고 와 던지기 놀이를 하자며 멍멍 짖다가 절 끝에 내 손바닥이 하늘로 향하면 그 손바닥 위에 슬리퍼를 올려놓았다. 나는 슬리퍼를 바닥에 메다꽂고 다시 절을 했다. 약 오른 강아지는 내 등 위로 폴짝 뛰어오르기도 했다.

집중력이 좋아졌다거나 몸이 대단히 건강해졌다는 느낌은 없었다. 고은규의 말처럼 피부가 좋아지지도 않았다. 하지만 나는 종종 울었다. 이해할 수 없는 일이었지만 108배를 하다 보면 농담처럼 눈물이 툭 터질 때가 있었다. 내가 슬픈 생각을 했었나. 모바일 앱은 계속 숫자를 세었지만 나는 얼굴을 들지 못하고 몇 번을 울었다. 이유는 몰라도 그 마음이 그냥 가여워 108배를 멈추지 못했다. 아마도 그립고 안타깝고 오래된 인연들이 떠올랐

기 때문일 텐데. 출산 날까지 부른 배를 안고 뒤뚱뒤뚱 절을 하고
선 나는 아기를 낳으러 갔다.

아가를 키우며 그만두었던 108배를 나는 요즘 다시 하는 중이
다. 이제 네 살이 된 아가는 내 108배를 곧잘 따라 한다. 그래 봐
야 바닥에 풀썩 주저앉아 얼굴을 베개에 파묻는 거지만. 나는 사
랑도 하고 싶고 용서도 하고 싶고 종종 울고도 싶으니 아마도 오
래 108배를 하게 될 것 같다.